BUFFY SAINTE-MARIE

tâpwê
êkwa mamâhtâwastotin

otâpasinahikêwak
Buffy Sainte-Marie

êkwa
Michelle Alynn Clement

onêhiyawascikêw
Solomon Ratt

BUFFY SAINTE-MARIE

tâpwê

êkwa mamâhtâwastotin

GREYSTONE KIDS

GREYSTONE BOOKS • VANCOUVER / BERKELEY / LONDON

Greystone Kids / Greystone Books Ltd.
greystonebooks.com

Cataloguing data available from Library and Archives Canada

ISBN 978-1-77840-024-7 (cloth)
ISBN 978-1-77840-025-4 (epub)

Editorial consultant: Cherie Dimaline
Copy editors: Jean Okimâsis and Arok Wolvengrey
Proofreader: Arden Ogg
Jacket and interior design: Sara Gillingham Studio

Printed and bound in Canada on FSC® certified paper at Friesens. The FSC® label
means that materials used for the product have been responsibly sourced.

Greystone Books gratefully acknowledges the Musqueam, Squamish,
and Tsleil-Waututh peoples on whose land our Vancouver head office is located.

Greystone Books thanks the Canada Council for the Arts, the British Columbia
Arts Council, the Province of British Columbia through the Book Publishing Tax Credit,
and the Government of Canada for supporting our publishing activities.

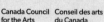

ôki ôki ôma ohci niwâhkômâkanak payipwât
êkwa ôpiy kâ-aspiyihkâsocik, êkota kâ-wîkicik
nêhiyawi-pwâtinâhk êkwa oskana kâ-asastêki,
kisiskâciwanaskîhk. —B.S.-M.

1

 miyikowisiwin

kayâs – pêyakwâw kayâs – pêyak nâpêsis kî-wîkiw ôcênâsihk
namôya wâhyaw ôta ohci.

kâ-nîpiniyik okâwiya kî-kiskinwahamâkosiyiwa iyiniw
kihci-kiskinwahamâtowikamikohk êkwa kî-kaskikwâsoyiwa
ta-ohtisiyit ta-pa-pimâtisihk, êkosi nitawi-wîc-âyâmêw ohkoma,
anihi kâ-wîkiyit wâhyaw wâsakâm askîhkânihk. "kôhkom"
kî-itêw êkwa "tâpwê" kî-itik.

cîhkêyihtam tâpwê ta-wîc-âyâmât ohkoma. wîpac
kâ-waniskât pêhtawêw ê-nikamoyit okîkisêpâ-nikamowin
êkwa ê-pasot wîhkaskwa ê-miyahkasikêyit ê-nanâskomâyit
kisê-manitowa kîsikâw ohci kâ-miyikohk. tâpwê wîcihêw
kâ-kanâcihcikêyit wâskahikanihk. môsâhkinam pîskatahikana
okotawânâpiskowâw ohci, êkwa mônahikêw okistikâniwâhk ita
kâ-ohpikihki askipwâwa, êkwa nîpiya êkwa okosimâna. âskaw
mâna nitawi-kinosêwêwak êkwa ohkoma âcimoyiwa kayâs ohci
pimâtisiwin.

mâka apisîs pîkiskâtam tâpwê. kî-kwîtawêyimêw okâwiya,
êkwa namôya kotaka awâsisa êkota ayâyiwa ta-wîci-mêtawêmât.
êwako kâ-pîtosi-ayâk nistam kî-miywêyihtam – namôya

nânitaw kî-itêyihtam ta-pêyako-tôtahk kîkway – mâka
ê-ati-âpihtâ-nîpiniyik pakosêyihtam ta-ayâyit awiya
ta-wîci-mêtawêmât, ahpô atimwa, nawac êwako ta-miywâsin
ta-wîcêwât. ta-kî-miyo-mêtawêcik.

pêyak kîsikâw ispîhk tâpwê ê-pimisihk sîpâ mistikohk,
ê-kanawâpahtahk waskowa, ohkoma têpwâtik ê-pê-nîhtaciwêyit
iskwâhtawîwin wâskahikanisihk ohci. kî-miciminamiyiw
mistiyâkan ita ê-asowatêyiki takwahiminâna êkwa mîna
masinahikêwin ê-miciminamiyit.

"âstam," kî-itwêw. "âstam, nôsisim. kotak
ispayiki nika-nitawâpênawâw kikâwiy iyiniw
kihci-kiskinwahamâtowikamikohk. ninôhtê-wîcihâw
okaskikwâsowin ohci kâ-mêkwâ-atoskâtahk
okiskinwahamâkosiwin okocihowina ohci ta-mâsihtât.

pâhpinâkosiw tâpwê ê-pê-wîcihât ta-tahkonamiyit kîkwaya.
kiskêyihtam okâwiya ta-miywêyihtamiyit êkota ohkoma ta-ayâyit.

"nitayân âcimowin mâskôc ta-miyohtaman, tâpwê,"
kî-itwêw ê-astât mistiyâkan mîcisowinâhcikosihk
kâ-âpacihtât ta-takwahahk takwahiminâna. "kapê mâna
ê-nôhtê-nitawi-pimahkamikisiyan akâmihk wâyahcâhk. aya,
kikâwiy kî-itisahamâkow masinahikêwin kiwâhkômâkaninawa,
Mrs. Ironchild. wiya êkwa opêyakôskâna kinitawêyimikwak
ka-pê-kiyokawacik mêkwâc kâ-pwâtisimohk. aspin kayâs
kâ-kî-wâpamisk, ê-kî-apisîsiyan êkospîhk. êkwa mihcêt
otawâsimisiw – kiciwâmak mîna kitawêmâwak. kîspin

nitawêyihtamani ka-kî-wîc-âyâmâwak mihcêt ispayin, êkâ katâc
ta-wîcêwiyan ôcênâsihk."

misi-tôhkâpiw tâpwê êkwa ohkwâkan wâsêyâyiw. êwako
ôma kâ-kî-pakosêyihtahk: ka-pimahkamikisit!
"wahway!" kî-itwêw. "ahpô êtikwê otêmiwak!"
"ahpô êtikwê," kî-itwêyiwa ohkoma. "mâka mistahi kîkway
ka-itôtamihk. kîspin kwayâtisiyahko anohc, wîpac kîkisêpâki
ka-kî-sipwêpayinaw. kinwêsk anima ka-pamihcikêhk."
tâpwê êkwa ohkoma mâci-atoskêwak. tâpwê
mâci-môsâhkinam mihta êkwa mîna ohkoma, apîstawêw
napaki-asiniya ê-taswêkastât takwahiminâna kâ-kî-mawisocik
otâkosîhk. sôskwâpiskwa ê-âpacihât ta-tâh-takwahahk mînisa
isko ê-sôskwâyiki tâpiskôc pakânipimiy. êkwa kikinêw
sîwinikanis mîna apisîs wiyin êkwa kîhtwâm takwahikêw.
iskwêyâc, tâh-tâskinam apisîs isi êkwa pâh-piskihci-wêwêkinam
ayânisihk. tâpwê kitâpamêw ê-mêkwâ-atoskêyit. nânihkisiw
ta-kocispitahk.

kâ-kîsi-asastât mistahi mihta, itohtêw tâpwê cîki ita ohkoma
kâ-apiyit êkwa mohcihk nahapiw tâwinam pêyak mînis
aspahcikan êkwa mâh-mîciwak apisîs.
"mmmm," itwêw tâpwê. nanamistikwêyîstam mihta
kâ-kî-asastât asicâyihk wâskahikanihk. "êwako anihi ohci kâwi
takosiniyani."
"wahwâ!" kî-itwêyiwa, ê-wâpahtamiyit iyikohk kâ-kî-asastât
mihta. "miywâsin, nâpêsis. kinanâskomitin. âh, mâka

mistahi ka-kwîtawêyimitin nitawi-kiyokêyani. kiya
kimâwaci-nîkânîmitin nôsisim.

kâ-tipiskâk mwayês kâ-sipwêhtêcik, namôya kaskihtâw
tâpwê ta-nipât ayisk ê-yêyihtahk. nakayâskam ta-mânokêt
wayawîtimihk asicâyihk ohkoma owâskahikanimiyihk
mâka môya nêtê iyinînâhk akâmihk posiskahcâhk.
ka-miywêyimêw cî Ironchilds? ka-miyohtwâyiwa cî ociwâma?
ka-papâmi-môcikihtâwak cî? kî-itêyihtam êkâ ta-kî-nipât
mâka kêtahtawê kâ-pasot miyâhkasikan êkwa ê-pêhtawât
ohkoma ê-kîkisêpâ-mawimoscikêwatâmoyit. tâpwê kiskêyihtam
ôma anohc kâ-kîsikâk ka-mâcipayiyik môcikihtâwin,
nîhci-kwâskohtiw onipêwinihk ohci, ê-cîhkêyihtahk
ta-kâsîhkwêt mîna ta-postayiwinisêt.
      piminawasowikamikohk ohkoma môsâhkinamiyiwa
kîkwaya opimohtêhowiniwâw ohci. tâpwê wîcihêw ta-itohtatâyit
asiwacikanisa kayâs-âwatâswâkanihk isi.
      "nikî-asiwatân takwahaminâna Mrs. Ironchild ohci
êkwa mîna kotaka kîkwaya," kî-itwêyiwa, ê-miyikot
iskwêyâc maskimocis ispîhk ê-pôsahtawît âwatâswâkanihk,
ê-sîhtahpitisot.
      ohkoma wîtapimikow. êkwa nâway têhtapiwinihk ohci
otinam ayânisa ê-wêwêkahpicikâtêki. kî-miyikow tâpwê.

"nîso mêkiwina ka-miyitin," kî-itwêyiwa. "pâskina anima nistam."

asahpitêwin nisihkâc pâskinam tâpwê. êkota asiwatêw kîkway êkâ wîhkâc ê-ohci-wâpahtahk. namôya sêmâk kiskêyihtam anima kîkway. êkwa ati-nisitawinam mamâhtâwastotin, tâpiskôc mîkwanastotina kâ-kikiskahkik kayâs okimâwak, mâka nawac ê-apisâsik êkwa ê-acitastêk. mîkwanak êkwa okawiyak ê-ohci-osîhcikâtêk. tahkohc ê-apicik nisto sîpihko-piyêsîsak êkwa nisto kinêpikosisak, ê-wâpikwanîwinâkosicik. nistam mêtawâkana ôhi itêyimêw tâpwê; mâka, tâpwê êtikwê, kî-wêwêpâsinamwak omiyêsâpiwinâniwâwa êkwa ê-sîpîcik. papêtâmow tâpwê.

"nôhkom! cââ!" kî-itwêw, ê-sinikohcâpinisot, ê-ânwêyihtahk.

"niya anima êwako ê-kî-ayâyân kâ-kî-ispîhtisiyân pêyakwan kiya kâ-ispîhtisiyan," kî-itwêyiwa ohkoma. "niyâ, postiska!"

postiskam astotin tâpwê. kîkway môsihtâw êkwa ati-pâhpiw êkwa kâ-pâhpit aniki pisiskîsak ati-nanamipayiwak êkwa ê-kwâh-kwâskohticik. anima mamâhtâwastotin wâh-wâkipayiw mîna ê-kitot mîna ê-kwêskosît êkwa ê-nikamot!

"mâka, nôhkom," kî-itwêw tâpwê, "namôya mâhcikwahpisowak! ma cî ta-tapasîwak?"

ohkomimâw kitâpamêw ôsisima kâ-kikiskamiyit mamâhtâwastotin êkwa pâhpiw.

"êkota ayâwak wiyawâw ê-tipêyimisocik, nôsisim," kî-itwêw. "nikâwîpan kî-paspihêw anihi piyêsîsa yîkopîwinihk ohci

pêyakwâw ê-sîkwaniyik. êkwa anihi kicimâki-kinêpikosisa
âhkwâstênohk ê-kî-ayâyit, êkâ âkawâstêw ê-kî-miskamiyit,
êkosi kî-yôspisîhêw. ninanâskomikonânak. ka-kî-wîcihikwak
kimêskanâhk êkwa ta-wîcêwiskik kâ-pimahkamikisiyan.
miyo-tôtawik, namôya nânitaw ka-ohci-nakatikwak.

kinwêsk ka-pimâcihohk *Ironchild* askîhkânihk isi, mâka
namôya nânitaw itêyihtam tâpwê. mihcêt kakwêcihkêmowina
kakwêcimêw ohkoma êkwa nihtâ-âcimoyiwa. âcimostawêw
tâpwêwa kâ-kî-âh-itahkamikisit ispîhk kâ-ayât
mamâhtâwastotin kâ-iskwêsisiwit.
    "nistam kâ-kiskêyihtamân mamâhtâwastotin ê-pimâtahk
êkospîhk anima nistam kâ-kikiskamân – tâpiskôc kiya –
maka anima ê-kî-ma-mawisoyân, namôya ê-otâpâsoyân
sêhkêpayîsihk." kî-pâhpiw. "nistam mêtawâkana
nikî-itêyimâwak aniki pisiskiwak. ê-kî-pa-pimohtêyân
anima, ê-ati-nakayâskamân ôma astotin nistikwânihk ispîhk
kâ-pêhtamân kîkway. tâpiskôc awiyak ê-tâwatit – *hô-ham*."
    pâhpiw tâpwê ê-wâpamât ohkoma ê-sîpîyit êkwa ê-tâwatiyit
tâpiskôc anohcihkê ê-koskopayiyit.
    "kihciniskêhk nititâpin; namahcîhk nititâpin;
ninîkânihk nititâpin; nikwêskîn êkwa nitotânâhk nititâpin,"
ohkomimâw kî-itwêw, "mâka nama awiyak nôh-wâpamâw!

13

nikî-wawânêyihtên. êkota nikî-nahapin êkwa nikêcikonên mamâhtâwastotin."

kêtastotinêw tâpwê êkwa sinikonam êskwa ohkoma ê-âhkami-âcimoyit.

"kîspin êkâ âsay ê-kî-apiyân, nikâh-pahkisinihtay ispîhk pêyak ana piyêsîs ê-pîkiskwâsit," kî-itwêw. "kikiskêyihtên cî kîkwây kâ-isi-kakwêcimit?"

nanamiskwêyiw tâpwê.

"nikî-kakwêcimik kîspin âsay kitakosininaw!" ohkoma misi-pâhpiyiwa – êkwa tâpwê kiskêyihtam tânêhki ohci. êkosi mâna ê-nihtâ-kakwêcihkêmot kinwêsk kâ-pimipayicik.

"nikâwîpan wiya, namôya ohci-mâmiskômêw pisiskiwa ê-pîkiskwêyit," ohkoma âcimoyiwa, "êkosi ka-kî-kiskêyihtên iyikohk kâ-isi-koskohoyân! êkwa kâ-pîkiskwêt pêyak kinêpikosis! kî-tâwatiw êkwa niwîhtamâk kahkiyaw wiyawâw ê-kî-nipâcik. êwako ana *Prrr*." ohkoma itwahamiyiwa mamâhtâwastotin kâ-astêyik tâpwê opwâmihk. "êwako ana kâ-apisîsisit kinêpikosis – ê-wâpikwanîwinâkosit tâpiskôc sâkâstêw êkwa ê-kino-miyêsâpiwinâniwit."

"êkospîhk ana pêyak kotak sîpihko-piyêsîs, piyêsîs kâ-isiyihkâsot, kâ-wîhtamawit kîkway ê-kî-pawâtahk. 'kîhtwâm nikî-pawâtâw,' kî-itwêw, tâpiskôc wâhyaw ê-itâpit. êkwa kahkiyaw kotakak tâpwêhtamwak. wîstawâw ê-kî-pawâtâcik!

"awîna ana?" kî-kakwêcimow tâpwê.

"takahki kakwêcihkêmowin," kî-itik ohkoma. "namôya nôh-kiskêyihtên awîniwa kâ-pîkiskwâtâcik! sôskwâc nikî-miciminên mamâhtâwastotin nipwâmihk êkwa ninitohtawâwak pisiskîsak kâ-kitowêcik!"

nîkânihk mêskanâhk itâpiyiwa ohkoma, mâka kîmôtâpamik tâpwê mêkwâc ê-kakwê-naspitohtawâyit piyêsîsa mîna kinêpikosisa: "Chirp-tweet-sssss-whistle-buzz-ch-ch-ch!"

tâpwê pâhpiw ê-mâmitonêyihtahk astotin ê-nikamômakaniyik, asici pisiskiwak ê-taswêkitahtahkwanêyit mîna ê-kâh-kwâskwêsiyit.

"êkwa kêtahtawê," âhkam-âcimoyiwa ohkoma, "piyêsîs tasinam otahtahkwana êkwa itêw kotaka ta-kâmwâtisiyit. kahkiyaw kipihtowêwak ê-nitohtahkik."

"Tsss, kâ-mihko-sîpihkosit kinêpikosis, nititik kâwi ta-postiskamân mamâhtâwastotin. êkosi nititôtên. êkwa nîsta ninitohtên.

"nama kîkway pêhtâkwan. mâka piyisk nipêhtên kîkway ê-waskawipayik sakâsihk nîkânihk.

"'tâpika namôya maskwa!' nikîmwân."

"nipêhtâk piyêsîs. 'tâpika oti.' kî-itwêw êkwa kotakak tâpwêhtamwak!

"'namôya!' nititêyihtên. 'mahti...namôya MASKWA!' môy êkotowahk papâmahkamikisiwin kâ-nitawêyihtamân."

2

 sîwinikan maskwa

ohkoma pôni-âcimoyiwa. "mwêhci ê-ati-môcikihtâkwahk,"
itêyihtam tâpwê.

"êkwa tânisi kâ-ispayik?" kakwêcihkêmow, ê-pakosêyimot
ta-âhkami-âcimoyit.

  mâka ohkoma pâhpisîstâkow piko. "mwêstas ici awasimê
ka-wîhtamâtin," kî-itwêw ê-paskêhtahât âwatâswâkana
ta-nakîcik mêskanaw-nakîwinihk. nîsohkamâtowak
ta-miskahkik ita ta-nakîcik cîki kayâsi-takwahiminânâhtikohk
ita sîpâ ê-astêk nîmâwi-mîcisowinâhtik. ohkomimâw otinam
onîmâwiwat otâhk sêhkêpayîs têhtapiwinihk ohci êkota
onîmâwina ohtinam êkwa apiwak sîpâ askihtako-nîpîhk êkwa
sîpihko-kîsikohk, ê-mowâcik oskâtâskwa êkwa picikwâsa
êkwa ê-minihkwêcik mînisâpoy. êkwa nîkân ê-sîpîcik
pôsiwak kîhtwâm âwatâswâkanihk. mayaw kâ-sîpwêpayicik
kîhtwâm ati-âcimow ohkomimâw, ê-âtotahk omôcikihtâwin
mamâhtâwastotin ohci.

  "êkosi anima, ê-mawisoyân, ê-aswêyimak maskwa
ta-pêcipâhtât sakâhk ohci, ispîhk kêtahtawê kâ-pêhtamân
kîkway ê-mâmaskâtikwahk," itêw tâpwêwa.

"Deedley deedley deedley deedley!" ispihtâkosiw ohkomimâw
ê-kakwê-naspitohtahk anima kitowin.

"awiyak êsa ê-nikamot!" kî-itwêw. "namôya nikî-nisitohtawâw
awîna. piyêsîsak mamâhtâwastotinihk kîhtwâm
tâh-taswêkitahtahkwanîwak, ê-kwâskohtiskahkik mîna
ê-wâh-wâkipayiyikastotin.

"nikî-misi-yêhyân," ohkomimâw itêw, 'awîna kiya?'
nikakwêcimison. mâka anima nikamon piko kâ-pêhtamân –
deedley deedley deedley deedley."

"awîna mâka ana?" kakwêcihkêmow tâpwê, mâka namôya
sêmâk naskwêwasihik ohkoma. sôskwâc kî-ay-âcimoyiwa.

"piyêsîs, nahiyikohk kâ-ispîhtisit sîpihko-piyêsîs, nistam
kâ-pîkiskwêt. 'namôya ana wiya,' isi-kitow. osîmimâs
kinêpikosis, *Ch-ch-ch* môcikihtâkwanihtâw okicowinis.
'ahpô êtikwê wiya,' kîmwêw. êkwa mamâhtâwastotin
ati-wâh-wêwêpipayin, mêtoni kêkâc ê-kêtastotinêpayiyân, ayisk
piko awiyakak ê-ati-têpwêcik mînisa ohci ê-wîhtahkik iyikohk
anihi ê-wîhkistamiyit.

"'awîna kâ-wîhkistahk mînisa,' nitisi-misi-kîmwân.
kêyâpic ôma ê-aswêyimakik maskwa mâka namôya ayiwâk
nikî-sîpêyihtên piko awiyak ê-kî-kiskêyihtahk tânisi ê-ispayiyik
mâka namôya niya – wâwîs niya ê-tipêyihtamân pimitâpâsowin!"

"êkwa ana kisê-sîpihko-piyêsîs, okimâw kâ-isiyihkâsot,
kâ-naskwêwasihit 'ana êtikwê sîwinikan maskwa,' isi-nikamow.
'êkâwiya sêkisi!'"

ohkomimâw oskîsikwa wâsipayiniyiwa ispî
kâ-kitâpamât tâpwêwa, ê-ohpimiyêsâpiwinêt. "namôya
nikî-kiskêyihtên kîkway awa sîpihko-piyêsîs kâ-mâmiskôtahk.
ninisitawêyimâwak maskwak, wâkâyôsak, mistah-âyak, mâka
namôy wîhkâc nitôhci-pêhtên awîna awa sîwinikan maskwa.
sîpihko-piyêsîs kitow. 'sîwinikan maskwa,' kî-itwêw, 'sîwinikan
maskwa! mihcêt owîhowiniw mâka wâh-wîhkâc wâpamâw.'
   "kâ-nêpêwisit *Ch-ch-ch* nikî-wîhtamâk sîwinikan
maskwa anihi ê-mâwaci-miyosiyit sakâhk êkwa okâwiya
ê-kî-wîhtamâkot êwakoni maskwa ê-ihtakoyit ispîhk iyikohk
askipwâwis-wâpikwaniy ê-ispîhtisit. kâ-mâwaci-apisîsisit
sîpihko-piyêsîs, *Tweep* kâ-isiyihkâsot, itwêw ê-kî-itêyimât
anihi maskwa maskohkâna piko, mâka kî-nitawêyimêw tâpwê
ta-ihtakoyit. kêtahtawê kahkiyaw pisiskîsak kâ-nikamocik."
   miyohtâkwaniyiw ohkomimâw onikamon misiwê
âwatâswâkanihk, anima nikamon kâ-kî-kiskinwahamâkosit
kayâs.

êwako ana sîwinikan maskwa kâ-apiscicâpit
êwako ana sîwinikan maskwa kâ-apiscicâpit
pêtamawêw kahkiyaw awâsisa kîkway
   ê-miyo-mâmaskâtêyihtâkwahk
wiya ana sîwinikan maskwa,   wêy hêyo hêy-yo!

êwako ana sîwinikan maskwa kâ-omaskohkânihtawakêt
êwako ana sîwinikan maskwa kâ-omaskohkânihtawakêt
êkwa kahkiyaw awâsisa itêw 'nisâkihâkanak, nicêhisak'
êwako ana sîwinikan maskwa   wêy hêyo hêy-yo!

êwako ana sîwinikan maskwa ê-nîmi-nam-nam-nîmâwinêt
êwako ana sîwinikan maskwa ê-nîmi-nam-nam-nîmâwinêt
tahkonam onîmâwin êkwa mînisa êkwa misâskatômin-sîwâpôs
êwako ana sîwinikan maskwa   wêy hêyo hêy-yo!

êwako ana sîwinikan maskwa ê-ayât deedley *nikamowin*
êwako ana sîwinikan maskwa ê-ayât deedley *nikamowin*
omisi isi-nikamow 'deedley deedley deedley deedley' kapê-kîsik
êwako ana sîwinikan maskwa   wêy hêyo hêy-yo!

"wahwâ!" kî-itwêw tâpwê ispîhk ohkoma kâ-kîsi-nikamoyit.
ohkomimâw ati-kî-itwêw. "âh, wahwâ mâni mâka,
êkwa nika-kî-wâpahtên êkwa tânêhki aniki pisiskîsisak
kâ-môcikêyihtahkik. ayisk ita kâ-ayâyâhk ê-wâsakâmastêki
cahkoskêwinisa êkwa kotaka namêhtâwina awiyak ê-kî-mawisot
mînisa êkwa takwahiminâna êkwa misâskatômina. êkosi mâka

21

awiyak nêtê nîkânihk matwê-nikamow *deedley deedley deedley deedley*, êkwa, mâmitonêyihtamani, pêyakw-âya nikamon.

"pimohtêskanâhk nikî-itâpinân. anihi cahkoskêwinisa êkota matwê-sipwêtamona – êkwa êkota ita kâ-pôni-nôkwahki cahkoskêwinisa, astêwa ê-wâh-wâkâki mînisâhtikwa. nicahcahkwanohtân mêskanâsihk. kâ-ohpipayihot sîwinikan maskwa! kî-pîswêpayiw êkwa kî-osâwinâkosiw, acimosis ê-ispîhtisit êkwa pêyakwan ê-isi-kicimâkinâkosit.

"'tânisi!' nititwân, ê-tâwatipayiyân."

"'tânisi, nicêhisak!' kî-itwêw sîwinikan maskwa, ê-wayawîyahtawît sakâsihk ohci, ê-pa-pîmiskwêsitêt, ê-tahkonahk ospitonihk nîmâwiwat ita mînisa ê-sâkaskinêyiki, ê-cîhkêyihtahk ê-wâpamit êkwa mamâhtâwastotin mîna."

"'wah!' nititwân, ayisk – namôya ôma ka-tâpwêhtên – mâka nikî-kêhcinâhon ê-kî-osâwinâkosit awa. mâka êkwa ê-wâpiskisit."

"'ê-kî-pêhitân ôma,' kî-itwêw sîwinikan maskwa. 'nicêhisak, ê-itêyimitakok êkâ wîhkâc ta-atimiskawiyêk. wahwâ! mêtoni kipapêcînâwâw!'"

"nikî-wîhtamawâw maskosis ê-kî-kostamân nânitaw ê-mac-âyiwit êkwa kêkâc ê-sipwêpahtâyân. kî-pâhpisiw, êkwa êkospîhk kî-wâposâwipayiw, êkwa kî-ati-mihkosisipayiw, êkosi ê-isi-wâpamak!"

"'ânakacâ!' kî-itwêw maskosis. 'êkosi ê-isi-ayâyan? cîst – nîmâwi-mîcisowin kwayâtastêw. mîcisotân! mîcisotân!"

ohkomimâw wîhtam tânisi ê-isi-kwayakopicikêyit sîwinikan
maskwa onîmâwiwatiyihk ohci êkwa ati-wiyascikêyiwa
mohcihk. anima nîmâwiwat kî-wâpi-askihtakwâw êkwa tâpiskôc
pîsim kî-isimâkwan.

ê-tôhkâpit kanawâpamêw tâpwê ohkoma, "wîhkaskwa"
isi-kîmwêw.

"kwayask!" kî-itwêyiwa ohkoma. "êkwa êkota
ohci wîhkaskowatihk kâ-pê-ispayiki wacihkwanisa
mihcêt mînisa ê-astêki – nawac mistahi wacihkwanisa
iyikohk iyinito wacihkwanisa kâ-astêki. êkota mîna
astêw môtêyâpisk misâskatômin-sîwâpôs ê-asiwatêk,
ta-têpipayihikoyâhk kahkiyaw. sîwinikan maskwa kwêskawêw
kâ-wâpi-mihkwaskwâwinâkosit ohci isi kâ-wâpi-sîpihkonâkisit
êkwa kâwi kwêskawêw. 'nicêhisak,' kî-itwêw, 'kiyânaw ôma ohci
kahkiyaw."

kâ-mêkwâ-kitâpahtamân mîciwin kâ-mâtinamâkêstâkoyâhk,
nikiskisin takwahiminâna kâ-kî-takwahamâhk kîkisêp.
têpiyahk apisîs mâka nitohtinên nipîhtâsowinihk ohci êkwa
nitastân onîkânihk sîwinikan maskwa.

"'mmm-mîkwêc! kinanâskomitin,' kî-itwêw maskosis.
'êwako kâ-mâwaci-miywêyihtamân – mêkiskiwin!' êkwa
pâhpisiw pîsimwêyâpiy pâhpisiwin êkwa misiwê kistikânihk
nanâtohki-itasinâstêw. nikî-itêyihtên ta-kî-âpotinisoyân
iyikohk ê-cîhkêyihtamân! êkwa mîna ahpô niwanikiskisinân
ê-nôhtêhkatêyâhk. nikî-kâh-kwêskipayihonân

23

ê-kanawâpahtamâhk itasinâsowina ê-kwêskawêki êkwa piko itê
kâ-itâpiyâhk niwâpamânân sîwinikan maskwa. nikî-mêtawânân
nîhci-sôskwaciwê-pîsimwêyâpîhk nîsitanaw-nêwosâpwâw
mwayês ê-âpihtâ-kîsikani-mîcisoyâhk – mêtoni kî-wîhkasin.
êkwa nikî-kîsêyihtênân ta-aywêpiyâhk âkawâstêhk."

3

nîso
wîcimosimâwak

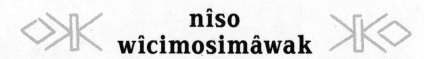

êkospîhk êkwa sîwinikan maskwa kî-askihtakosiw tâpiskôc
maskosiy. nikî-sîhtapinân âkawâstêhk takwahiminâhtikohk,
ispimihk ê-kanawâpahtamâhk waskowa ê-pimâstêki ispîhk
pêyak kâ-itwahahk sîwinikan maskwa.
    "'êwako ana owawiyasihiwêw,' kî-itwêw."
    "'tânitê?' nikî-kakwêcimânân."
    "'anima waskow, cîst?'"
    "itwaham waskow yiyîkicihcân ohci êkwa nikanawâpahtênân
ê-ati-wâposâwâk. nistam mêstacâkan isinâkwan. êkwa nawac
piko kâhkâkiw ati-isinâkwan. êkwa tâpiskôc kihci-wâpos
isinâkwan. sîwinikan maskwa ati-nikamow."

nicêhisak, nicêhisak
âtiht 'mêstacâkan' isiyihkâtêwak owawiyasihiwêw;
âtiht 'piyêsîs ana' kî-itwêwak owawiyasihiwêw;
âtiht 'kihci-wâpos' isiyihkâtêwak owawiyasihiwêw;
âtiht 'môhcôhkân ana' kî-itwêwak owawiyasihiwêw;
nicêhisak, nicêhisak, kâ-isi-kwêskêyimiht ayisiyiniwa isi
*   kotaka ayisiyiniwa ê-pâh-pîtosinâkosit;*

wâpos kâ-tahcipayit ana owawiyasihiwêw
owawiyasihiwêw, hââ, yââ, yââ!

"ispîhk kâ-kîsi-nikamot sîwinikan maskwa, piyêsîs
taswêpinam otahtahkwana êkwa kakwêcihkêmow kîspin
wîhkâc ê-nakiskawiht owawiyasihiwêw.
"'hô-wîh! mihcêtwâw,' naskomow maskosis, ê-osâwinâkosit
êkwa ê-pîswêpayit kîhtwâm. nikî-nisitawêyimâw
kayââââs. namôya kî-apisci-otihtimaniw tâpiskôc nêma
kâ-wâposonâkwahk waskow. namôya. êkospîhk kayâs
kî-ayakaskitihtimaniw, tâpiskôc nâpêw.' sîwinikan maskwa
ay-itâpiw, êkwa kîmwêw: 'nîso mîna kî-wîcimosiw.'"
otapiwinihk ohci pâhpisiw tâpwê. kî-âyiman ta-wâpamiht
awiyak kâ-wâposo-waskowinâkosit pêyak ta-wîcimosit, mâka
ayiwâk ihkin nîso. ohkomimâw kî-itwêw namôya anima mâwaci
nayêhtâwan nîso ka-wîcimosit awiyak – êkosi oti kî-itwêw
sîwinikan maskwa. anima nawac kâ-nayêhtâwahk mwâc ahpô
pêyak êwakoni kî-sâkihêw owawiyasihiwêw êkwa kî-mâyâtan
anima êwako. ê-kî-miywêyihtahk piko ta-kahkwêyimitoyit.

"ana owawiyasihiwêw kî-nâciyôstawêw mâna nîso
wîcimosa ta-nitohtawât kâ-itwêyit iyikohk ê-miyonâkosit êkwa
kîhkâhtowak awina kâ-mâwaci-miywêyimiht," ohkomimâw
kî-itwêwan ima êwako. "pêyakwâw, sîwinikan maskwa
nikî-wîhtamâkonân, kahkiyaw ayisiyiniwak ê-wâsakâmapicik
kotawânihk, ê-cîhkêyihtahkik pimâtisiwin. êkota kî-apiw

owawiyasihiwêw tastawâyihk wîcimosa. iyikohk ê-kî-wîsâhkawât
êkwa ê-kî-cîsiskawât mêtoni ê-kîskwêhât sâkihiwêwin ohci."

"ispîhk sîwinikan maskwa êwako kâ-wîhtamâkoyâhk,"
ohkomimâw kî-itwêw, "ispimihk oskîsikwa itinam kisik
ê-pa-pakamahasit otêh." wîsta pakamahasiw otêh *thump-thump*,
tâpiskôc pahkahokowin.

"owawiyasihiwêw môsihêw pêyak iskwêsa âstamita
ê-isi-wîtapimikot, mîna kotaka, mîna kâh-kîhtwâm mîna
kâh-kîhtwâm, êkosi awa kâ-kî-isi-nitawêyihtahk; mâka âhki
itâp êkâ ê-pisiskâpahtam, kapê ê-kitâpamât nôtikwêwa
akâmiskotêhk, kâ-patahohkâtikot. piyisk mêtoni ê-sîhtiskâkot
tastawic ê-apit nîso wîcimosa. êwako miywêyihtam!

"mâka kêtahtawê: *ker-RACK!*" ohpipayisiw tâpwê
otapiwinihk ispîhk ohkoma kâ-naspitohtamiyit misi-kitowin –
"wâwâsaskotêpayiw. owawiyasihiwêw asêkocin mistikohk ohci
êkwa sipwêpahtâw ê-kâsôt sakâsihk, ê-pêyakwêyimisot piko.
piyisk iskwêsak ati-kiskêyihtamwak anihi owawiyasihiwêw
êsa ê-kî-wawiyasihikocik. kî-nakatêwak êkwa kîhtwâm
kî-ati-otôtêmitowak êkwa mwêstas tahto iskwês kî-wîkimêw
otôtêma wîtisâniyiwa, kî-cîhkêyihtamwak. êkwa awa
owawiyasihiwêw pêyak piko kîkway kaskihtamâsow,
ê-apisci-otihtimanêt."

ohkomimâw sîhtinam otihtimana ohtawakâhk isi êkwa
pâhpiw. "piko ani, êkosi kâ-kî-ispayik nistam kâ-postiskamân

mamâhtâwastotin ta-nitawiminêyân," kî-itwêw.

"nikî-nakiskawâw sîwinikan maskwa. êkwa nikî-nisitohtên
pêyak ahpô nîso kîkway owawiyasihiwêw kâ-isi-ayât."
tâpwê êkwa sîpihko-piyêsîsak êkwa
maskosiy-kinêpikosisak pâhpinâkosiwak ê-kitâpamâcik
ohkoma ê-pamihcikêyit.
"tâpwê, nîso nikî-itwân ê-wî-miyitân mêkiwina," ohkoma
kî-itik. "pêyak anima mamâhtâwastotin. kotak anima
kakêskwêwin: aswêyimik owawiyasihiwêwak."
nanamiskwêyiw tâpwê, mâka namôya tâpwê pisiskêyihtam.
nawac nâkatêyihtam mamâhtâwastotin iyikohk wiya anima
kakêskwêwin. êkwa mîna ê-nôhtê-nipâsit. kî-pimitâpâsowak
ayiwâk nêwo tipahikan, êkwa kâ-nanamipayit âwatâswâkan
ê-nôhtêhkwasipayihikot. wayawî-wâsênikanihk, askiy
ê-mêskocipayik paskwâhk ohci isko ê-âh-ispacinâsik,
ê-miyonâkwahk. aciyaw pasakwâpiw tâpwê isko ê-môsihtât
âwatâswâkana ê-papêtisipayiyit êkwa ê-ati-pimakociniyit
asiskîwi-mêskanâhk.

"nâha nêtê," kî-itwêw ohkomimâw, ê-itwahwât iskwêwa
ê-pêhoyit cîki mistasinîhk. "êwako ana *Mrs. Bull*. êwako anihi
okâwîsiyiwa kikâwiy ociwâmiskwêwa *Mrs. Lilian Ironchild*,
kâ-kî-nitomisk ta-kiyokêyan."

ispîhk ohkoma kâ-nakinâyit âwatâswâkana, *Mrs. Bull*
pê-itohtêw ê-âkwaskitinât sâpo wâsênikanihk. êkwa itisinam

ospiton ta-wâciyêmât tâpwêwa. opwâmihk kâmwâtaniyiw
mamâhtâwastotin. pisiskîsak tâpiskôc ê-nipâcik, pêyakwan
mêtawâkana ê-isinâkosicik.

"ôh, kika-môcikihtân ôta, tâpwê," kî-itwêw *Mrs. Bull*.
"ôta ninôhtê-apin ta-kiyokawak kôhkom pita pâmwayês
kîwêci. nitôsimiskwêm *Lilian* kipêhik. mihcêtiyiwa awâsisa
owâskahikanihk. nêtê isi mêskanâsihk êkwa awasimê tahkohc
ispatinâhk. awâsisak aniki ê-wawêyîcik pwâtisimowin
ohci. mwêstas ohcitaw ta-nitawi-asamak nikosis *Sam* otêma,
okiskânakoma. mahti pita mêtawê ôta mêskanâsihk isko
naskwênitâni. êkospîhk ka-wîcêwitin êkotê isi. êkotê anima
mêskanâs itamon *Sam* owâskahikanihk."

atim! tâpwê kitâpamêw ohkoma, pâhpinâkosiyiwa êkwa
nanamiskwêyiwa.

"ahâw," kî-itêw tâpwê *Mrs. Bull*a. "mîkwêc, nôhkom," kî-itwêw
ê-nawakîyit ta-âkwaskitinikot. êkwa kapâw âwatâswâkana ohci
êkwa ati-pimitisaham mêskanâs.

4

 pikwânâhtikwak êkwa askipwâwa

pimitisaham mêskanâs tâpwê. tahkonam mamâhtâwastotin mîna kotaka kîkwaya. pakitinam kahkiyaw asicâyihk mistikohk. ê-nôhtêhkwasit, kî-tâwatiw.

kanawâpahtam omamâhtâwastotin. namôya mêkwâc mistahi mamâhtâwinâkwan, nawac piko ê-piskwâk tâpiskôc kayâs ayiwinisa ê-asastêki wîhkwêhtakâhk. kahkiyaw pisiskîsisak ê-nipâsicik.

"*Tweep,*" kâ-isi-kitowêhkwâmit pêyak sîpihko-piyêsîs. êkwa aniki kinêpikosisak namôya ahpô pêhtâkosiwak. êkota piko ê-pimisihkik...tâpiskôc nisto wâwi-pahkwêsikanisak.

"*Chirp,*" kî-itwêw pêyak sîpihko-piyêsîs.

"wâh, kiya oti *chirp,*" kî-nanwêyacimêw tâpwê. "ê-kî-itêyihtamân piyêsîsak ê-wâhpâsicik, mâka ôma ê-pôni-âpihtâ-kîsikâk êkwa ê-nipâyêk."

êkwa kahkiyaw ati-pêkopayiwak. sîpihko-piyêsîsak taswênamwak otahtahkwaniwâwa êkwa tâwatiwak. kinêpikosisak ati-sêsâwîwak ê-wâwâkipayicik *O* ohci isi *C* isi *Q* isi *S*.

mêtoni wîpac kahkiyaw koskopayiwak êkwa kwayâtisiwak ta-mâci-pimahkamikisicik. sîpihko-piyêsîsak akocîwak kâ-postiskahk tâpwê mamâhtâwastotin. kinêpikosisak pôsiwak tâpwêwa opîhtâsowiniyihk êkwa ati-mêtawêwinihkêwak.

"pasakwâpi, tâpwê," kî-itêw *Tss* namahci-pîhtâsowinihk ohci, "êkwa itohtê itê kâ-isi-wâkipayiyâhk."

"kiwî-tahkohitinân," kî-itwêwak kotakak aniki kinêpikosisak, kihciniski-pîhtâsowinihk ohci. "kâya mikoskâtêyihta – namôya ka-pakitinitinân ta-pahkisiniyan miscanikwacâsi-wâtihk."

pasakwâpiw tâpwê. *'tsss'*, pêhtam, êkwa namahci-pîhtâsowinihk môsihêw kinêpikosisa ê-kâh-kwâskwêpayiyit. êkosi namahcîhk itohtêw tâpwê, mwêhci pato-tahkoskâtam mihko-paskwâwi-wâpikwaniya. êkwa pêhtam *'ch-ch-ch-ch-ch'* okihcinisk-pîhtâsowinihk ohci, êkwa môsihêw kinêpikosisa, êkosi kihciniskêhk itohtêw. êkosi isi kahkiyaw kîwêtinohk itohtêwak, êkwa mîna, ê-pimohtêcik sisonê sîpîsisihk kâ-âsowakâmêciwaniyik mêskanâsihk.

kêhciwâk êtikwê *Mrs. Ironchild* owâskahikanihk ê-ayâcik, itêyihtam tâpwê, mâka namôya kêhcinâhow. namôya anihi kinêpikosisa pakitinikow ta-kîmôtâpit; ê-nôhtê-koskohikot, kî-itwêyiwa. kêtahtawê, kinwêsîs ê-kîmwêyit opîhtâsowinihk, kinêpikosisa itik ta-nakît.

"ahâw, tâpwê," kî-itwêwak. "nîhci-itâpi êkwa mônahikê!"

êkota ositihk asastêyiwa askihtako-nîpiya.

"askipwâwa!" kî-itwêw. "êkwa pikwânâhtikwa mîna! nika-mônahên âtiht ta-itohtatamawakik kiwâhkômâkaninawak!"

êkosi itôtam. êkwa ê-mêkwâ-mônahikêt, piyêsîsak
nikamosiwak, omisi isi:

otôtêmimâwak ayâwak, nîkân isi
otôtêmimâwak ayâwak, nîkân isi
ka-miyo-takosininaw
mêkiwina ê-pêtamawâyahkik
hââ yââ

5

 ## pwâtisimowin
miywêyimowin

namôya wâhyaw, nisto iskwêsisak nîpawiwak sisonê
mêskanâsihk. ê-nitonawâcik okawiya ta-kaskikwâtâcik
otiskwêwasâkâwâhk. pêyak tastasâpiw êkwa wâpamêw nâpêsisa
ê-kikiskamiyit kâ-miyonâkwahk mamâhtâwastotin.

"ânakacâ!" kî-itwêw, ê-mâmaskâtahk.

"nikâwîs, âstam, kiyipa!" kî-têpwêyiwa kotaka, êkwa sêmâk
tâpwê miskâsow ê-wâsakâskâkot ê-tôhkâpiyit ayisiyiniwa,
ê-pâhpihkwêstâkot okiyokêw.

"nikî-kiskêyihtênân awiyak ê-wî-pê-takosihk," kî-itwêw
iskwêw kâ-kî-pê-itohtêt ispîhk iskwêsisa kâ-têpwêyit. "kiya
êtikwê anima kâ-kî-wâpamitahk ê-matwê-kimotiyan otâhk
askîwin kistikân."

"kikistikân cî?" kî-itwêw tâpwê, ê-miyât kâ-miciminahk
pikwânâhtikwa êkwa askipwâwa.

"wahwahwâ, nimihtâtên! ê-kî-itêyihtamân ôhi ê-pikwâciki!
ê-kî-wî-mêkiyân ôhi..."

ati-kipihtowêw tâpwê. kakêpâtêyimisow ê-pêtamawât awiya
mêkiwin okistikânimiyihk ohci.

"mîkwêc," kî-itwêw ana iskwêw. "kinanâskomitin
ôhi ê-môsâhkinaman. kahkiyaw kîkway kiwîcihikonaw.
ê-wî-mâci-pwâtisimowinihkêyâhk tipiskâki, êkwa
ê-pakosêyimoyâhk ka-mihcêticik okiyokêwak."
kî-pâhpihkwêstawêw tâpwêwa. "awîna ôma kiya?"
"tâpwê nitisiyihkâson. nôhkom awa ê-kiyokawât *Mrs.*
*Bull*a. ê-nitonawak awa *Mrs. Ironchild* – êwako anihi nikâwiy
ociwâmiskwêwa. ê-patohtêyân êtikwê mêskanâsihk."
"tânisi, tâpwê!" pêhtawêw tâpwê awiya nâway ohci,
ê-kinwâskoyit iskwêwa, ê-misi-pâhpinâkosiyit. "niya ôma
Mrs. Ironchild, mâka 'nikâwîs *Lilian*' ka-kî-isin. ôta ôma
ta-kî-pê-itohtêyan, ê-kî-taskamohtêyan êsa mêskanâsihk."
âkwaskitinêw tâpwêwa otihtimaniyihk. "âstam, ê-kî-pêhitâhk
ôma. kayâs aspin kâ-wâpamitân ê-kî-apisîsisiyan. wah, mêtoni
kipê-ohpikin."
nêpêwisisiw tâpwê. akâwâc kiskisitotawêw owâhkômâkana,
mâcika kâ-manâtisit. aniki pisiskîsisak otastotinihk
kâmwâtisiwak, kiyâmapiwak. ahpô êtikwê wîstawâw
ê-nêpêwisicik.
mwêhci êkwa kâ-pê-itohtêt mêskanâsihk *Mrs. Bull*,
ê-pê-wîcêwiwêt. "wah, kitakosinin êsa," kî-itêw tâpwêwa. "*Sylvia*
okosisa!" itêw okâwîsimâw *Lilian*a. "wahwâ! mêtoni êkwa
misikitiw, cî?"
okâwîsimâw tâpwêyimow.

ispîhk tâpwê kâ-wîcêwât okâwîsimâw *Lilian*a êkwa *Mrs.*
*Bull*a ôcênâsihk isi, wâpamêw piko awiya ê-kwayâtisîhtâyit
pwâtisimowin. tahto wâskahikan kâ-miyâskahkik,
ayisiyiniwa ê-mawisoyit, ê-mîcimihkêyit, ê-kanâcihtâyit mîna
ê-piminawasoyit, ê-wiyastâyit opwâtisimo-ayiwinisiyiwa, êkwa
ê-sîhkipitamiyit pahkêkinwa mistikwaskihkohk.

kêtahtawê kâ-takosihkik *Ironchild* owâskahikanihk,
yôhtêkotêw iskwâhtêm êkwa pê-wayawîpâhtâwak awâsisak,
kahkiyaw ê-wawêsîcik ê-kwayâtisicik pwâtisimowin ohci.
pâh-pêyak okâwîsimâw *Lilian* nakiskamohtahêw.

"tâpwê, *Winston* awa, êkwa *Thelma*, êkwa *Rose*, êkwa *Thomas*,"
ê-âh-itwahwât pâh-pêyak. "ôh, tâniwâ mâka ana *Willie*?"

mwêhci nâpêsis kâ-pê-ohtohtêt otânâhk wâskahikanihk
ohci, ê-tahkonahk nânapwêki-têhtapiwina êkwa
nîpisiy-âspatâskohpisowina.

"ôh, miywâsin, ôta kipê-itohtân," kî-itwêw okâwîsimâw *Lilian*,
ê-wâstahât nâpêsisa êkwa wâskahikanihk isi ê-itohtêt. "*Willie*,
âstam pê-nakiskaw tâpwê – êkwa nîsôhkamâtok ta-itohtatâyêk
êwakoni têhtapiwina itê kâ-pwâtisimohk. mistahi nicanawîn."

"tânisi!" kî-itwêw *Willie Ironchild*, ê-wî-otôtêmit. "mitoni
kêswân kâ-takosiniyan, tâpwê. kika-kî-wîcihin ta-tahkonamahk
ôhi têhtapiwina."

êkwêyâc nistam aspin kâ-nakatât ohkoma âwatâswâkana
tâpwê misi-pâhpinâkosiw, ê-wî-otôtêmit. êkwa êkospîhk
piyêsîsak êkwa kinêpikosisak otastotinihk wêwêkipayiwak mîna

wâh-wâkipayiwak êkwa kicosiwak êkwa kwêskosîwak êkwa
nikamowak. ôma kitowin koskohikow *Willie Ironchild* mêtoni
ê-apipayit – *wamp!* – mêtoni osôkanihk ê-pahkisihk!
tâpwê pasikôpitêw *Willie*wa êkwa wîcihêw
ta-môsâhkinamiyit têhtapiwina. nawac wiya *Willie*
kinosiw iyikohk tâpwê mâka ìsinâkosiwak pêyakwan
ê-itahtopiponêcik. êkwa akohpisow omisisitânihk. mwêhci
tâpwê ê-kî-nakiskamohtahât *Willie*wa êkwa
    otôtêma mamâhtâwastotinihk kâ-ayâyit ispîhk
kâ-matwê-misi-kitowêk *BOOM* ê-isi-pêhtâkwahk mêskanâsihk.
"hâw, âstam!" kî-itwêw *Willie.* "ê-kwayâtisicik ôki
kihci-pîhtikwêsimowin ohci!"
"Boom boom boom boom BOOM!" kihci-mistikwaskihk
pêhtawâw kîhtwâm mîna kâh-kîhtwâm itê kâ-pwâtisimohk.
    Willie êkwa tâpwê kî-kosikohikowak têhtapiwina
ê-tahkonahkik, mâka kî-kakwê-kisiskâhtêwak. namôya
kî-pôni-kanawâpahtam anima astotin *Willie.* tâpwê
kî-pâhpiw êkwa mîna wîstawâw pâhpiwak pisiskîsisak
mamâhtâwastotinihk. nîso iskwêsisa ê-kikiskamiyit
nihtâwikwâsow-iskwêwasâkaya miyaskâkwak
ê-mâmaskâtamiyit tâpwê otastotin. *Willie* otami-kitâpahtam
mamâhtâwastotin êkosi namôya wâpahtam iskwêsisa
omîkisistahikêwiniyiwa, tâpwê mâka wiya. kî-miyonâkwaniyiw!
    itê kâ-pwâtisimohk astêw nîmihitowikamik mistikwa
ê-ohci-osîhtâhk ta-tipinahoht awiyak nanâtohk ê-isiwêpahk.

43

wâhyaw kisipanohk mihcêt opwâtisimowak âsay nâh-nâway
ê-nîpawicik.

"nah, *Mrs. Cheechuck*," kî-itwêw *Willie* ê-miyât iskwêwa
nîso têhtapiwina. "ôh, tâpwê awa."

"mîkwêc, *Willie*. tânisi, tâpwê!" kî-itwêw *Mrs.
Cheechuck*, kisik ê-mawimosit "câh!" ispîhk kâ-wâpahtahk
mamâhtâwastotin. ispîhk tâpwê kâ-itwêt "takahki
ê-nakiskâtân," êkwa ê-misi-pâhpinâkosit, tâpiskôc ana
iskwêw kêyâpic kîkway ê-kî-nôhtê-itwêt, mâka namôya
ohci-kaskihtâw. nayêstaw kâ-ka-kanawâpamât tâpwêwa mîna
otastotiniyiw ê-tâwatit mâka namôya ê-kaskihtât ta-pîkiskwêt.
nâpêsisak pâhpiwak ê-ati-kiyipîcik ta-itohtamâkêcik
têhtapiwina.

mêtoni kî-mihcêtiwak ayisiyiniwak. onikamowak
kî-mâmawi-ayâwak omistikwaskihkowâhk êkwa
iskwêwak kî-taswêkinamwak otakwanâniwâwa ê-pêhocik
ta-mâci-nikamohk.

Boom, boom, boom, boom, boom mistikwaskihk
kâ-matwêhoht, ê-miyohtâkosit, kapê ê-kitohiht, êkwa mitâtaht
onikamowak ê-sôhki-nikamocik: "hââ yââ, êy hâ hââ yââ."
wâhyaw kisipanohk nîmihitowikamikohk onîmihitowak
ati-sipwêsimowak, ê-pêci-pâh-pêyakosimocik.

piko awiyak nîpawîstamawêwak opakahamâwa, êkwa
tâpwê êkwa *Willie* yîkatêstâwak têhtapiwina ispîhk nistam
ayisiyiniw kâ-pîhtokêsimot nîmihitowikamikohk.

kî-kisêyinîwiw awa. kî-kikiskam takahki-mîkwani-
okimâwastotin mêtoni ospiskwanihk ê-isi-kinwâyik êkwa
kî-kihci-tahkonêw kiskiwêhonâhtikwa nîkânihk. kî-wâpamêw
tâpwê mikisiwi-mîkwana ê-tahkopisoyit misiwê kâ-ispîhtisiyit.
"êwako ana *Mr. Kaiswatum,*" kîmwêw *Willie.* "kêhtê-aya
ana. kiskêyihtam mistahi kîkway kayâsi-pimâtisiwin ohci
mîna maskihkiya mîna kotak kîkway. nikî-wîhtamâk
anihi mikisiw-kiskiwêhonâhtikwa pêyakwan
kinêhiyaw-kiskiwêkininaw."

nanamiskwêyiw tâpwê, namôy âta wiya wîhkâc
ê-ohci-pêhtahk ôma. kanawâpamêw kâ-isi-pîhtokêyit *Mr.
Kaiswatum*wa nîmihitowikamikohk, ê-nîkânîstawât kotaka
anihi nâway. nisihkâc kî-nîmihitow ê-têpiskâtahkoskawât
kâ-matwêhomiht mistikwaskihkwa – namôya
mamâhtâwisimowin, têpiyahk tapahtêyimisow – ê-nîkâninât
mikisiw-kiskiwêhonâhtikwa êkosi piko awiya ta-wâpamâyit.

anihi pisiskîsisa otastotinihk tâpwê môcikêyihtamiyiwa
mâka kwayaskikâpawiyiwa, ê-kâmwâtisiyit ê-kanawâpahkêyit
mêkwâc kisêyiniw ê-nîkânîstawât onîmihitowa wâsakâm
nîmihitowikamikohk.

nîkân kâ-mâwaci-kisê-ayiwicik, nisihkâc nîmihitowak
ê-têpiskâtahkoskawâcik kâ-matwêhomiht mistikwaskihkwa
tâpiskôc ê-kâkîsimocik. tâpwê wiya, môsihêw anihi
mistikwaskihkwa tâpiskôc opahkahokowin, ê-sôhkâtisiyit,
ê-maskawisîyit ê-pimâtisiyit.

ohtâwîmâwak iyaskoc pîhtokwêsimowak, êkwa iyaskoc
okâwîmâwak akwanâna ê-ohci-wîskwêpitisocik otihtimaniwâhk.
kâ-mâwaci-kinwâki yîwêkocikana kêkâc mohcihk itamona
êkwa omîkisaskisiniwâwa ê-têpiskâtahkoskawâcik pahkahokow
kitowin. iyaskoc êkwa oskinîkiwak ê-pimitisahokocik
oskinîkiskwêwa. pêyakwan kêhtê-aya itisimowak. wahwâ!
miyonâkosiwak!
"onîmiwak," kî-itwêw *Willie*, "cêskwa mâka!"
kâ-pîhtokêsimocik iskwêsisak oskotâkâwâwa
ê-wawêsîhcikâtêyiki sêwêpayihcikana ohci, pîwâpiskosa
ê-tihtipinikâtêyiki. "sêwêpayiwisimowak,' kî-itwêw *Willie*.
êkwa kâ-pêhtahkik oski-kitowin! sêwêyâkanak
ê-sêwêpayicik, êkwa nîmihitowikamikohk kâ-pîhtokêpayik
ê-mihkwâk êkwa ê-sîpihkwâk êkwa ê-wâposâwâk êkwa
ê-nîpâmâyâtahk. kâ-pîhtokêpayik ê-askihtakwâk êkwa ê-osâwâk
êkwa ê-wâsêki-wâpikwanîwinâkwahk.
"omamâhtâwisimowak!" kî-itwêw *Willie*. "êwako niya
kêtahtawê! ê-kî-wî-nîmihitoyân anima anohc askîwin mâka
kîsinâc ê-kî-pakamisitêsiniyân asinîhk otâhk ispayiw."
êkwa aniki mamâhtâwisimowak kî-mamâhtâwisiwak!
mîkwana kî-akwahpitêwak wêstakâwâhk. kî-kikiskamwak
mîkisi-iskwanakwêpisona êkwa mîkisi-pakwahtêhona, mîna
kihci-mîkwani-pakwahtêhona mitokanihk mîna mitihtimanihk.
âtiht kikiskawêwak mîhyawê-mâyatihko-mitâsa êkwa
kahkiyaw kikiskawêwak sêwêyâkana oskâtiwâhk; âtiht

mostoso-sêwêpicikana, âtiht ocâpânâskos-sêwêpicikana, ahpô
tihtipîwi-pîwâpiskosa. mêtoni miyohtâkwaniyiw kâ-nîmihitocik!
êkwa ohkoma kî-wîhtamâkow tâpwê pwâtisimowin
kâ-ispayiyik, mâka pîtos anima ka-wâpahtamihk iyikohk
ta-âtotamihk. mêtoni kisîwêw! wâsêyâw ôma êkwa mîna
môcikan! iskwêsisak kî-nîmihitowak ê-kikiskahkik
mîkisihkâcikana nanâtohk itasinâsowin tâpiskôc
pîsimwêyâpiy. apisci-awâsisak ahpô kî-wâh-wâskâsimowak
nîmihitowikamikohk, ita kâ-nîkânît *Mr. Kaiswatum.*
 kêtahtawê kâ-kipihtowêw mistikwaskihk êkwa pônisimowak
onîmihitowak – *BOOM!* – mwêhci kâ-kipihtowêk!
sisikoc misiwê kâmwâtan. *Mr. Kaiswatum* kâkîsimow
kinwêsk. âtiht onîmihitowak miskamwak têhtapiwina
êkwa nahapiwak, mâka kîhtwâm mâci-pakamahwâwak
mistikwaskihkwak, mâka nawac êkwa kisiskâpayihtâkosiwak,
môcikêyihtâkwan! êkwa ahpô mîna pisiskîsak
mamâhtâwastotinihk wâh-waskawîwak, ê-nitohtahkik
matwêhiwêwin.
 kî-nîmihitowak ayisiyiniwak êkwa kî-kiyokâtowak
isko ê-âkwâ-tipiskâyik, ê-nâh-naniwêyatwêwak
êkwa ê-wîci-môcikihtawêmâcik otôtêmiwâwa mîna
owâhkômâkaniwâwa, ê-mîcicik mînisâpoy êkwa ê-mowâcik
pahkwêsikana êkwa mahtâmina êkwa kotaka miyo-kîkwaya.
aniki pisiskîsisak mamâhtâwastotinihk kî-takahkisiwak, mâka
mihcêt ayisiniwa kî-nôhtê-wâpamikwak piyisk kî-pimisinwak

ê-nipâsicik sîpâ omîkwanimihk anita mamâhtâwastotinihk.

kinwêsk *Willie* êkwa tâpwê kanawâpahtamwak pwâtisimowin.

piyisk kî-wayawîwak ê-nitawi-wîci-mêtawêmâcik *Winston*a
êkwa *Thomas*a, *Willie* ostêsa. piyisk ê-wêhtaniyik nîmihitowin
kî-nîmihitowak. namôya ohci-wawêsîhowak mâka kî-ayâwak
tâpwê omamâhtâwastotin kâ-môcikihtâhk – mayaw
kâ-koskopayicik pisiskîsisak. ê-koskopayicik êkwa wîstawâw
nîmihitowak kahkiyaw ayisiyiniwa ê-wîcisimômâcik,
ê-môcikahk. tâpwê wiya kî-cîhkêyihtam nawac iyikohk
kâ-pê-pimâtisit ayisk ê-nakiskawât oski otôtêma, êkosi
misi-pâhpinâkosiw ê-nanâskomot, tâpwê. êwakonik nâpêsisak
kî-môcikihtâwak êkospîhk kâ-tipiskâk êkwa mîna kahkiyaw
ayisiyiniwak. nakiskawêw tâpwê kahkiyaw *Willie* otôtêma mîna
owâhkômâkana, êkwa namôya ayiwâk kî-nêpêwisiw.

êkwa mikisiwak nîhcâyihk itâpiwak kîsikohk ohci,
ê-nisitawêyihtahkik kayâsi-nikamowina otâniskotâpâniwâwa
kâ-kî-kiskinwahamawâyit ayisiyiniwa kayâsêskamik.

êkwa ispîhk nikamowin kâ-pimipayik opahkahokow
mistikwaskihk, mikisiwak ispimihk kîsikohk
naskwahamawêwak onikamowiniyiw ayisiyiniwa,
ê-nanâskomocik ê-miywâsik askiy.

6

 wâpos owawiyasihiwêw

âtiht kîsikâwa kî-canawîw êkwa âtiht kî-kihtimiw.

ispîhk kâ-canawî-kîsikâyik, wîcihêw tâpwê otoski-otôtêma ta-âwatôpêyit sîpîhk ohci, êkwa ta-nikohtêyit, piko kîkway êkosi isi. 'Willie Ironchild kî-mâwaci-môcikisiw,' kî-itêyihtam tâpwê. Willie kî-otêmiw, Brownie ê-isiyihkâsoyit, ê-cîhkêyihtamiyit ta-wîcêkocik nâpêsisak ispîhk kâ-atoskêcik ahpô kâ-mêtawêcik.

ispîhk kâ-kihtimi-kîsikâyik, aniki sîpihko-piyêsîsak mîna kinêpikosisak mamâhtâwastotinihk ohci, âskaw kî-pa-pitikosinwak, Browniewa asici, sîpâ mistikohk ispîhk kâ-nipâsiyit. êwakoni atimwa kî-sâkihêw tâpwê.

mâka anohc Willie kî-otamihikow otatoskêwina, êkosi, tâpwê – ê-kikiskahk omamâhtâwastotin – kî-pêyako-môsâhkinam mihta sisonê sîpîsisihk. kî-kakwâtaki-kisâstêyiw. kî-aywêpisiw, ê-apit asicâyihk mistikohk âkawâstêhk ispîhk kâ-pêhtahk pîkiskwêwin.

"tânisi, tâpwê!"

wâpos êsa ôma opîkiskwêwin, ê-nîpawit cîki sîpîsisihk, namôya wâhyaw.

"tânisi," kî-itwêw tâpwê, ê-kitâpamât ôhi pisiskiwa. namôya pâmwayês kî-ohci-nakiskawêw wâposwa, mâka kiskêyihtam âskaw *Rabbit* ê-itimiht. kiskêyihtam êkwa tânêhki ohci. kisâstaw iyiniw isinâkosiw mâka kisâstaw mîna wâpos isinâkosiw – mâka namôya pêyakwan wâposwa isinâkosiw kâ-kî-wâpamât tâpwê. êkwa kî-kinosiw, tâpiskôc okîsohpikiw, mâka pîtos mîna. pêyak kîkway, kî-mîhyawêsiw. êkwa mîna, ê-kî-mêtawêskinâkosit, pêyakwan awâsis. mitoni kî-mâmaskâtêyihtâkosiw.

"kisâstêw!" kî-itwêw wâpos, ê-kâspihtâkosit. "nâsipêtân sîpîhk isi êkwa ka-tahkipayiyahk mîna ta-môsâhkinamahk ocêpihkosa ta-otâkwani-mîciyahk."

"a-hâw," kî-itwêw tâpwê. mâmaskâtêw wâposwa, êkwa itêyihtam ka-miywâsik ka-pakâsimot tahki-sîpîhk ita ocêpihkosa kâ-ohpikiniyiki.

êkosi nâsipêwak, tâpwê ê-kikiskahk omamâhtâwastotin, êkwa wâpos. namôya pisiskêyihtam tâpwê mêtoni ê-kâmwâtaniyik mamâhtâwastotin.

namôya wâhyaw *Ironchild* wîtapimâkana *Mr. Cheechuck* êkwa wîstâwa, *Mr. Rockthunder*, ê-kî-mîsahahkik *Mr. Cheechuck* otapahkwâniyiw. kî-wâpamêwak tâpwêwa êkwa wâposwa ê-nîsotêhtêyit êkwa nisihkâc nanamaskwêyiwak.

"ana wâpos," kî-itwêw *Mr. Cheechuck*.

"ah-hah," kî-itwêw *Mr. Rockthunder*. "pitanê osk-âya tâpwê aswêyimêw owawiyasihiwêwa."

wîpac tâpwê êkwa wâpos sîpîhk takosinwak.

"cîst!" kî-itwêw wâpos. "kotiskâtotân mahti awiyak nawac mihcêt kâ-môsâhkinahk ocêpihkosa ta-otâkwani-mîciyahk. piko

ta-kêcikoskaman kimamâhtâwastotin êkwa cîkakâm nahastâ.
namôya kinôhtê-sâpopatân."

pisiskîsisa astotinihk namôya ôma kî-miyohtamiyiwa êkwa
kî-mâci-mawimoyiwa kinêpikosisa. mâka osâm ê-kisisot tâpwê
ta-pisiskêyimât.

"haw êkwa!" kî-itwêw. kî-astâw otastotin asicâyihk mistikohk
êkwa kî-kwâskohtiw tahki-sîpîhk.

kikiskêyihtên cî mâka kâ-kî-ispayik?

ana wâpos otihtinam mamâhtâwastotin êkwa ati-postiskam,
êkwa sipwêpahtâw pîtos itê isi.

"êkwa mamâhtâwastotin niya nitipêyihtên!" kî-môciki-itwêw
wâpos ê-pimipahtât. "êkwa tahtwâw pâhpisiyâni, piyêsîsisak
ta-nikamowak êkwa kinêpikosisak ta-nîmihitowak êkwa niya,
wâpos, nawac nika-kihcêyimikawin ôta."

ê-mînwastât mamâhtâwastotin ostikwânihk, êkwa ê-sêyâpitêt,
wâpos ispahtâw ôcênâsihk, tâpwêwa ê-nawaswâtikot.

"hô! wâpos!" kî-têpwêw *Mr. Cheechuck* apahkwânihk
ohci. "kimôhcowin! piko awiyak kiskêyihtam namôya anima
kiya kitastotin. ê-wawiyasihat êtikwê tâpwê. namôya êkosi
ta-kî-itôtawat okiyokêw!"

wâpos kî-pîmakâmi-sêyâpitêw ê-kakwê-koskonahk astotin,
pêyakwan isi ispîhk kâ-pâhpisiyit tâpwêwa. kocihtâw nanâtohk
pâhpisiwina. mâka mamâhtâwastotin namôya nikamow, namôya
wâwâkipayiw, namôya kwêskosîw, nama kîkway itôtam. êkota
piko ê-astêk wâpos ostikwânihk, tâpiskôc kayâs asikanak. wâpos
kêcikoskam astotin êkwa mohcihk astâw.

"câh!" kî-itêw wâpos nâpêwa apahkwânihk kâ-ayâyit.

"kitâpwânâwâw!" êkwa kî-mâtohkâsow. *"Boo, hoo, hoo, hoo!*
mistahi ninêpêwisin. okimotisk niya! kita-kî-isiwêpinisoyân
ita kâ-ayâcik atimwak ta-mâkwamicik kinwêsîs. êkosi êtikwê
ka-kiskinwahamawâw awa kayâsi-owawiyasihiwêw."

êkwa êkosi kî-itôtam. *Mr. Rockthunder* otêma kahkiyaw
mikisimoyiwa êkwa kwâskohtiyiwa, ê-kâh-kîskwêyit. wâpos
kî-âpocikwânîw êkwa nêwâw ohpîw ocihciya ê-âpacihtât – êkwa
ispihâw âpihtawâyihk kitowinihk!

mâka sisikoc kipihtowêwak aniki atimwak êkwa
ê-nipêpayicik, ê-matwêhkwâmicik, êkwa wâpos
ati-kwâskwâskohtiw mêskanâsihk ê-nikamot *"owawiya-si-hiwêw,*
ha-yâ, yââ!"

cîst, wâpos wîsta kiskêyihtam mistahi mamâhtâwisiwin.

aniki ayisiniwak kâ-wâpamâcik
mosci-nâh-namiskwêkâpawiwak. âsay kî-nakayâskawêwak
wâposwa.

mâka wiya kitimâki-tâpwê, namôya ahpô nisitohtam, êkwa
kâwi kâ-takohtêt wîkiyihk *Willie*wa – oskîsikwa ê-mihkwâyiki
ayisk ê-kî-mâtot – kî-nipahi-kisiwâsiw. *Willie* ostêsa *Winston*a,
kahkiyaw ôma kâ-kî-wâpahtamiyit, kî-wîhtamâkow *Willie* tânisi
kâ-isi-miywêyihtamohât wâpos atimwa.

"êkâwiya nânitaw mistahi itêyim wâpos, tâpwê," *Winston*a itik.
"êkosi ana ohcitaw ê-isi-ayât."

mâka âta kâwi omamâhtâwastotin ê-tipêyihtahk, mistahi
pisiskêyihtam tâpwê. mêton ôti!

7

Thelma osâsâpiskisi-pahkwêsikanima

kâ-otâkwani-mîcisohk wîkiwâhk *Ironchild* mêtoni pîtos
ispayin iyikohk ohkoma wîkiyihk, wâpahtam êsa tâpwê. mêtoni
ê-mihcêticik ayisiyiniwak! êkota kî-ayâwak okâwîsimâw
Lilian êkwa ohcâwîsimâw *Alvin Ironchild*, êkwa *Winston* mîna
Thomas, êkwa *Rose* êkwa *Thelma*, êkwa *Willie* êkwa tâpwê êkwa
Mrs. Loudhawk, awâsisak ohkomiwâwa. mihcêt wiyâkana
mîcisowinâhtikohk astêwa, êkwa misi-askihkwa ita ê-astêki
mîciwina, êkwa misiwê ê-pâh-pîkiskwêcik ayisiyiniwak. ahpô
mîna aniki pisiskîsisak tâpwê omamâhtâwastotinihk, êwako
kâ-akotêyik asicihtakohk, kî-pâh-pîkiskwêsiwak. mêtoni êkota
kî-kisîwêw!

ohcâwîsimâw *Alvin* kî-pîkiskwêw, ê-kisîwêt kahkiyaw awiya
ta-pêhtâkot. "ê-kî-pîkiskwâtak ana *Sam Rockthunder* anohc.
otêma anihi, wîpac wî-nihtâwikiyiwa acimosisa."

sêmâk pisiskêyihtam tâpwê.

"wahwâ!" kî-itwêw *Willie*. "pitanê ta-miciminamawit pêyak
niya ohci!"

"tâpiskôc êwako ê-nitawêyihtamahk ôta," kî-nanwêyacimêw
Thelma. "kotak kâsakês!"

"nitêm ana *Brownie* isiyihkâsow, namôya kâsakês!"
itwêw *Willie.*

"êyiwêhk," itwêw ohcâwîsimâw *Alvin,* "tâpwê, *Sam*
nikî-âcimostâk ê-kî-mâyi-tôtâsk wâpos."

"mêtoni!" itwêw tâpwê, "mêtoni nikisiwâhik ana!"
kotaka ayisiyiniwa mîcisowinâhtikohk kî-pâhpisiyiwa, êkwa
tâpwê kî-itêyihtam namôya êwako ê-miywâsiniyik.

"îh, kikiskisinâwâw cî kîkwây wâpos kâ-kî-itôtawât *Thelma*wa
piponohk?" itwêw *Winston.* "êwako anima pipon *Thelma*
kâ-kî-kiskêyihtahk ta-pisiskêyimot, aaaah!" kî-misi-tahkwamêw
sâsâpiskisi-pahkwêsikana êkwa mâyihkwêw, ê-kî-pâhpiyit
kahkiyaw awâsisa.

kî-nôhtê-pêhtam tâpwê anima âcimowin kâ-kî-ispayihikot
Thelma mâka okâwîsimâw *Lilian* kî-wiyasiwêw: namôya
wâpos âcimowina ka-wîhtamihk pâtimâ ka-kîsi-mîcisohk.
ohcitaw piko aciyaw ta-pêhot tâpwê. êkosi kî-mîcisowak êkwa
kî-pîkiskwâtêwak owâhkômâkaniwâwa kâ-wî-pê-kiyokêyit
kotak ispayiki, êkwa kî-mâmawi-nahascikêwak
mîcisowinâhtikohk ohci.

mwêstas, ispîhk *Willie* wîtisâna *Thomas*a kâ-napwêkinamiyit
pâhkohkwêhonisa kâ-mâci-âcimot. "ana kisê-wâpos," kî-itwêw,
"kî-wawiyasihêw *Thelma*wa êkospîhk, cî, *Thel?"*

Thelma Ironchild tapahtiskêyiw ê-pâhpit.

"*tâh-tâpwê!"* kî-itwêw ê-pâhpit wîsta, asici wîcisâna *Rosa.*
pâhpisiw wiya tâpwê. ê-kiskêyihtahk êkâ wiya ê-kî-pâhpihikot.

aspin ohci kayâs kî-kiskêyihtam owîhowin 'tâpwê' pîtos
ê-itwâniwik, êwako mîna ê-itwêhk 'âha, mêtoni,' 'kwayask,'
'tâpwê,' 'kêhcinâ.' kisâstaw kî-môcikan ê-ayât wîhowin pîtos
ka-kî-itwêhk.

"hêy, tâpwê," kî-itwêw *Rose*. "pitanê êkâ
ê-kî-mamihcimisoyan."

namôya ana tâpwê kî-ohci-mamihcimisow êkwa êkosi
isi-wîhtamawêw *Rosa*. namôya mâka kî-kiskêyihtam tânisi ôma
wâposwa ê-isi-tipâcimimiht.

"cîst," *Rose* itwêw. "êkosi ôma kâ-kî-ispayik, pêyakwâw ôma
niyanân iskwêsisak ê-kî-nanâtohkwâcikêyâhk? nâpêsisak
kî-pê-itohtêwak êkwa *Thelma* kî-ati-mamihcimisow kâ-isi-nihtâ
-sâsâpiskisi-pahkwêsikanihkêt. êkwa ana pêyak *Rodney Sesap* –
ana *Thelma* kâ-akâwâtât êkospîhk – kî-itwêw, "mahti êsa tâpwê
piko sâsâpiskisi-pahkwêsikanêstamawinân."

"mâcika, cikêmâ, *Thelma* kî-itêyihtam êkwa
ta-kî-mâmaskâci-ayihtit. ati-kotawêw, êkwa kî-kikawinêw
pahkwêsikanisa êkwa âhêw ê-kisâkamitêyik
pimîhk. êkwa misiwê ita wîhkimâkwan mêtoni
kahkiyaw awiyak ê-kî-nôhtê-mowâcik *Thelma*
omâmaskâci-ayihtiwi-sâsâpiskisi-pâhkwêsikana, aaaah!

"êkospîhk ana kâ-pîhtikwêt wâpos – mwêhci *Thelma* ê-âhât
osâsâpiskisi-pâhkwêsikanisa watapîwatihk ta-tahkisiyit. wâpos
kî-sîhkimêw *Thelma*wa ta-pîkiskwâtamiyit kîkway, mêtoni
wîpac tâpwêhtâk awiya ê-nitonâkoyit wayawîtimihk. mâcika

wayawîtimiskwâht kî-nitawâpênikêw êkwa wanikiskisiw
osâsâpiskisi-pâhkwêsikana watapîwatihk, cîst?"

tâpwê kî-nisitohtam tâpwê, mêtoni ê-ati-nakayâhtahk ôma
âcimowin.

"cikêmâ, namôya awiya êkota ayâyiwa. wâpos ana
ê-kî-wanâhât, cî?

"êkwa,' Rose kî-itwêw, "namôya kikiskêyihtênaw tânisi
isi wâpos kâ-kî-mêskotinahk watapîwata, mâka êkosi
kî-itôtam. ôma piko kâ-kiskêyihtamân, ispîhk Thelma
kâ-yîkatênahk kâsîcihcâkan watapîwatihk ohci, kahkiyaw
nikî-kanawâpahtênân pâstêwi-mistatimo-mêyi piko. êkospîhk
ohci namôya wîhkâc kîhtwâm Thelma kî-mamihcimisow!"

kahkiyaw kî-pâhpiwak, Thelma wiya nawac mistahi.

"mâcika, êkâwiya wîhkâc mamihcimiso, tâpwê,"
kî-itwêw Rose. "mâka sapiko, ispîhk anima kâ-pônipayik,
nika-kî-itwân... Thelma otiyinito-sâsâpiskisi-pâhkwêsikana
wîhkitisiyiwa!"

"wahwâ, âha," kî-itwêw Mrs. Loudhawk, ê-kî-nitohtahk êsa
ôma âcimowin, ê-pâhpit wîsta. "Thelma nihtâ-piminawasow. cîst,
tâpwê, pêyakwâw nîsta nikî-âyimihik wâpos."

"tânisi kiya kâ-kî-itôtâsk?" kakwêcimow tâpwê. kêyâpic
kisiwâhik wâposwa ê-kî-kimotiyit mamâhtâwastotin, kiyâm âta
ê-pâhpit kâ-âcimimiht kâ-isi-wawiyasihâyit Thelmawa.

"ôh, mêtoni anima kayâs," kî-itwêw Mrs. Loudhawk.
"kapê, kâ-kî-pôni-âpihtâ-kîsikâk anima, ê-kî-takwahamân

takwahiminâna mîcisowinâhcikosihk wayawîtimihk.
nikî-pîhtikwân wâskahikanihk ta-aywêpiyân mwayês
ê-otâkwani-mîcisoyâhk, êkwa kâ-kî-wâyinîyân
mîcisowinâhcikosihk isi, nitakwahikê-asiniyak pêyakwan
ita apiwak ita kâ-kî-nakatakik, mâka nitakwahiminâna
kî-namatakonwa.

"nikî-têpwâtâw *Winston* – kî-apisîsisiw êkospîhk – êkwa
nikî-kakwêcimâw kîspin ê-kî-otinahk nitakwahiminâna.
'namôya,' kî-itwêw *Winston*.

"mâka kêyâpic namatakonwa, êkwa nikî-kisiwâsin. 'awîna
êtikwê kâ-kî-otinahk?' nikî-itêyihtên. 'awâsisak? âhâsiwak?
namôya piko ta-kî-namatakoniyiki! 'âha!' piyisk nititison.
'wâpos! mêtoni pêyakwan ana wâpos ta-kitamawât awiya
otakwahiminânima, âta ê-kiskêyihtahk tânisi kinwêsk
kâ-miyo-takwahikêyân!'"

Mrs. Loudhawk wîhtamawêw awâsisa ê-kî-miskawât
wâposwa êkwa ê-kî-kakwêcimât êkwa ana owawiyasihiwêw
kî-asotamâkêw êkâ ahpô pêyak takwahiminân ê-kî-mîcit
kapê-kîsik. ispîhk kâ-wâpahtamwât otôniyiw êkâ
ê-masinâstêyik, tâpwêhtawêw.

mâka namôya iskwêyâc ôma âcimowin.

"ninâpêm ana ê-ma-mêskotaskisinêt ta-pîhtikwêt
wâskahikanihk," kî-itwêw *Mrs. Loudhawk*. "ispîhk kêtahtawê
kâ-ohpît, osit ê-kwayaskohtât. êkwa nikî-ati-tâh-têpwâtik,
namôya mâna êkosi kî-itôtam.

"'*Mrs. Loudhawk*, nicêhis' kî-têpwêw. 'kîkwây ôma
kâ-kî-astâyan nipahkêkinwêskisinihk?"

"êkwa êkota êsa nitakwahiminâna, ê-pasakwamoyiki
ninâpêm oyiyîkisitânihk."

Ironchild opiminawasowikamikohk, *Winston* nîmihitow
pêyak oskâtihk êkwa wâwâkipayihtâw oyiyîkisitâna!

"namôya êsa wâpos kî-mîciw takwahiminâna, tâpwê, mâka
wiya ana kâ-itôtahk môhcowiwin, mâka mîna." ê-pâhpisit
Mrs. Loudhawk. "tâpwê êsa, nikî-pêhtawânân wâpos
ê-matwê-pâhpihikoyâhk, nêtê mistikohk."

mâka wiya tâpwê, namôya kî-pâhpiw.

"namôya ninisitohtên tânêhki ôma kâ-pakitêyimiht wâpos,"
kî-itwêw ispîhk kâ-kî-pôni-pâhpihk. "tâpiskôc piko kapê
ê-âyimihiwêt!"

kisêwâci-pâhpiw *Mr. Loudhawk*. "wâpos ana kiyânaw
owawiyasihiwêw, tâpwê. kêtahtawê ka-nisitohtên. wiya
kikiskinwahamâkonaw ka-nâkatohkêyahk, ana wâpos. ayisk êsa
ta-kî-nahastâyân nitakwahiminâna ispîhk kâ-kî-pîhtikwêyân.
miywâsin êkâ maskwa ê-kî-miskahk, ta-kî-pîkoskam piko
kîkway wayawîtimihk.

tâpwê êkwa *Willie* kinwêsk wâposwa kî-pîkiskwâtêwak
kâ-tipiskâyik isko piyisk *Thelma Ironchild*a pimosinâtikowak
pahkêkinwêskisin. mâka pâhpisiwak piko.

"nipâk, awâsisak!" kî-itwêw okâwîsimâw *Lilian.*

"ka-wâhpâsiyan ôma wâpahki, *Willie.* kiyaskoc êkwa
ta-atoskêyan."

    pasakwâpiw tâpwê. mâmitonêyihtam anima kâ-kî-itwêyit
*Mrs. Loudhawk*wa. ahpô êtikwê osâm mistahi
ê-kî-mamisîtotawêw opîtosisiwa. ka-kî-wanihtâhtay
omamâhtâwastotin kîspin okimotisk otinahki yâyaw
môhco-wâpos. kwayask êwako kiskinwahamâkêwin – êwako
ôma ka-paspîhikow âyimisiwinihk ohci mwêstas. ispîhk
kâ-ati-nipêpayit, kî-ati-miywêyimêw wâposo-owawiyasihiwêwa.

8

âpocikwânipayin

kîhtwâm kâ-pê-wâpahk, ê-pôni-kîkisêpâ-mîcisohk, aciyaw
kî-wayawîw tâpwê ta-mêtawêt asiskîhk. ê-kî-pakosêyihtahk
wâposwa ta-pê-itohtêyit. nawac mistahi ê-nôhtê-kiskêyimât ôhi
owawiyasihiwêwa, ayisk êkwa nawac ê-nisitawêyimât.

piyêsîsisak êkwa kinêpikosisak kî-ay-apiwak mistikohk cîki
ita tâpwê kâ-kî-cahkastât asiskiy, ê-aywêpicik. atim kî-na-nipâw.
"mahti mâmaskâci-tôtamawik kîkway!" kî-itwêw tâpwê.

konita kanawâpamitowak piko pisiskîsisak, sôskwâc
âhkami-nipâw atim.

"namôya kîkway mâmaskâci-tôcikêwinisa nikiskêyihtênân,
tâpwê," kî-itwêw piyêsîs.

"kah," kî-itwêw tâpwê, ê-sikatêyihtahk. ê-itêyihtahk
mamâhtâwastotin ta-kî-nihtâ-mamâhtâwisiyit. mwêstas êtikwê
Willie ta-kiskinwahamawêw ocêmisa – *Brownie* ahpô kâsakês
ahpô tânisi êtikwê owîhowin – ta-mâmaskâci-tôcikêyit. misawâc
kî-nôhtê-môcikihtâw tâpwê. mâmitonêyihtam tânisi êtikwê
wâposwa ê-itahkamikisiyit anohc.

"kikî-kiskêyimâwâw cî wâpos pâmwayês ôta ê-pê-itohtêyahk?"
kakwêcimêw tâpwê sîpihko-piyêsîsa.

"namôya mitoni kêhcinâc," kî-itwêyiwa piyêsîsa
watihkwanihk ohci ispimihk tâpwê ostikwânihk.

"mâka nikî-pêhtênân âcimowina ita ê-kî-âcimiht,"
kî-itwêw Ch-ch-ch.

"wîhtamawin!" kî-itwêw tâpwê ê-ati-iskwâhtawît
watihkwanihk.

"kikiskêyihtên cî tânisi wâpos kâ-kî-pê-sâkâwitihtimanêt?'
kakwêcihkêmow piyêsîs.

"namôya," kî-itwêw tâpwê, âta ohkoma ê-kî-âcimostâkot
êwako âcimowin.

"aya," kî-itwêw piyêsîs, "kayâsêskamik, tâpwê êtikwê,
wâpos kî-miyo-ayakaskotihtimanêw. êkwa mîna nîso
ê-kî-wîcimosit!"

"hô!'" kâ-matwê-pîkiskwêt awiyak sîpâyihk ita kâ-apicik.

"*waff*!' kâ-isi-mikisimot acimos ê-koskomikot. piyêsîsisak
wîstawâw kî-koskomikowak êkwa êkosi kî-sipwêhâwak, êkwa
kinêpikosisak kî-pîhtikwê-kwâskohtiwak opîhtâsowiniyihk
tâpwêwa.

"wâpos!" kî-têpwêw tâpwê, ê-cîhkêyihtahk, ê-wanikiskisit
piyêsîsa otâcimowiniyiw. "mwêhci ê-kî-pakosêyihtamân
ta-pê-itohtêyan. nitawi-mêtawêtân!"

"ahâw, âstam," kî-itwêw owawiyasihiwêw. "niya, wâpos,
nikiskêyihtên mihcêt nanâtohk mêtawêwina! kika-mêtawânaw
'wâpasim êkwa pahkwâcîs.' kahkiyaw nîhtaciwêpahtâwak
sâpo-sakâhk, posiskahcâsihk isi.

kinêpikosisak kêyâpic kî-cîhkêyihtamwak ta-pôsicik
tâpwêwa opîhtâsowiniyihk êkwa ispitêwak ita
ê-mâwaci-miywâsiniyiki mistikwa ispîhk kâ-nâcimihtêyit,
mâcika miywêyihtamwak ispîhk wâposwa kâ-itohtêyit sakâhk.
kahkiyaw mêtawêwak 'pimitisah onîkânîw' isko wâpos
kâ-nakît cîki ê-nahîtikitiyit mistikwa.
"nitohtamok! nitohtamok!" kî-itwêw wâpos. "êwako awa
kâ-kihcêyihtâkosit 'wâpasim êkwa pahkwâcîs' mistik! tâpwê,
kiya kika-kî-wâpasimiwin êkwa niya, wâpos, nika-pahkwâcîsiwin.
kiyipa, *hap-hap-hap!* iskwâhtawî mistikohk! api watihkwanihk!
êkwa kika-âpocikwâni-akosînaw kihcikwaninâhk ohci tâpiskôc
ohpâsiwin yôtinihk, êkwa ka-mâcihtânaw.

kî-miyo-âpocikwâni-akosîw tâpwê ohcikwanihk ohci mâka
anihi kicimâki-kinêpikosisa kî-âyimihikoyit ta-kakwê-kisâcîyit
opîhtâsowinihk.

Bomp! Bomp! Bomp! wayawîpayiyiwa. mistahi
kî-môcikêyihtam tâpwê oski-mêtawêwin ê-kiskinwahamâkot
kâ-kihcêyihtâkosit wâposwa, namwâc ahpô nâkatohkêw. mâka
sîpihko-piyêsîsak wiyawâw kî-nâkatohkêwak.

"tânisi ôma ka-isi-mêtawêyahk?" kakwêcihkêmow tâpwê.

"wîhta tânêhki wâpasim nawac miyosiw iyikohk pahkwâcîs,
cikêmâ," itwêw wâpos.

"ôh. cikêmâ," itwêw tâpwê, êkâ ê-nôhtê-kakêpâcinâkosit
nîkânihk oski-otôtêma. "wâpasim nawac miyosiw iyikohk
pahkwâcîs...ayisk...ayi, ayisk wâpasim ê-kîsowi-pîwayit?"

"câh!" kâ-itwêt wâpos. "pahkwâcîs nawac miyosiw iyikohk wâpasim ayisk êkâ ê-mihyawêsit ita ta-kî-otihkomit! hô hôô! nipaskiyâkân!"

kahkiyaw sîpihko-piyêsîsisak kakwê-mêtawêwak 'wâpasim êkwa pahkwâcîs' mâka namôya kî-nihtâ-âpocikwâni-akosîwak. êkwa aniki kinêpikosisak, namôya ahpô miywêyihtamwak ôma mêtawêwin. osâm kî-apisîsisiwak ta-wêwêkinisocik kâ-kihcêyihtâkosit 'wâpasim êkwa pahkwâcîs' mistikohk, êkwa ispîhk kâ-nâh-nîhcipayicik wâposwa itwahokowak ê-pâhpihikocik. tâpwê wîsta pâhpihêw. acimos sikatêyihtaminâkosiw êkwa pimisin ta-nipâsit.

êkosi, kâ-mêkwâ-wîci-mêtawêmât tâpwê wâposwa 'wâpasim êkwa pahkwâcîs' ê-âpocikwâni-akosîcik, pisiskîsisa pêhoyiwa kisiwâk pâtimâ ka-pôni-mêtawêhk.

mâka wâpos kî-nôhtê-mawinêhowêw kâ-acicikâpawihk mêtawêwin (kî-âh-ohpinisow ohtawakaya ohci!) êkwa mwêstas kî-nôhtê-asê-âpocikwânêw nîhtâmatinâhk isi ita kâ-mâwaci-samahcâk iskonikanihk. namôya awiyak ta-kî-âpocikwânîw, ka-asêpayit ahpô ka-nîkânipayit iyikohk wâpos, owawiyasihiwêw.

namôya ôma kî-môcikêyihtamwak kinêpikosisak ahpô sîpihko-piyêsîsisak, mâka cî kikiskêyihtên... namôya ahpô kî-pisiskêyihtam tâpwê. tâpiskôc ê-wanikiskisitotawât kâ-sîpêyihtamiyit otôtêma êkâ ê-kaskihtâyit ta-mâmaskâci-tôcikêyit. patahohkâtêw piko

êkwa wa-wîci-mêtawêmêw wâposwa tâpiskôc osâm ê-apisîsisiyit
ta-wîci-mêtawêmikocik wiyawâw kâ-mamihcisicik.

tâh-tahto-kîsikâw, tâpwê êkwa wâpos wîci-mêtawêmitowak.
âh-acicikâpawiwak êkwa ayiwâk mitâtahtomitanaw
kî-âpocikwânipayiwak êkwa kî-âpocikwâni-akosîwak. kiyâm
êkâ tâpwê ê-miywêyihtahk ôma âpocikwâni-akosîwin pêyakwan
otôtêma otastotinihk ohci, kî-kistêyimêw wâposwa tahki ayiwâk.
tâpiskôc anihi owawiyasihiwêwa ê-ostêsit.

kîspin tâpwêwin kinôhtê-kiskêyihtên, tâpwê ana
osâm ê-kî-nêpêwisit ta-wîhtamawât wâposwa êkâ ayiwâk
ê-kî-nôhtê-âpocikwâni-akosît. têpiyahk kî-itôtam kîkway wâpos
kâ-nôhtê-itôtamiyit.

êkwa kâ-ati-kâh-kîsikâk tâpiskôc wâpos ê-nôhtê-pêyako-
otôtêmit tâpwêwa. êkosi mîna tâpiskôc ê-ati-ispayik.

Willie Ironchild kî-pisiskâpahtam kâ-pîtosi-ayâyit. namôya
pisiskêyihtam tâpwê kîkway kâ-nôhtê-itôtamiyit *Willie*wa.
iyâyaw, kî-pêhêw wâposwa êkwa mêtawêw kîkway wâposwa
kâ-kî-nôhtê-mêtawêyit.

patahokâtêw tâpwê otôtêma mamâhtâwastotinihk ohci.
namôya mwâsi wîci-mêtawêmêw êkwa ati-itêyimêw konita
môhco-awâsisa...tâpiskôc anihi oskawâsis mêcawâkanisa
kâ-nakatahk.

sôskwâc tâpwê wâposwa ê-kî-nôhtê-naspitawât.

9

ayiwâk
wâpos ê-âcimiht

ayaskoc kîsikâwa nistam tâpwê êkwa wâpos kâ-kî-mêtawêcik
'wâpasim êkwa pahkwâcîs', wâpos kî-sipwêhtêw
kîkway ê-atoskâtahk. *Willie* êkwa tâpwê kî-tahkonêwak
kwâpikê-askihkwa. mayaw kâ-kîsi-kwâpikamawâcik
Willie okâwiya, kâ-kî-kisîpêkihtakinikêyit êkospîhk,
ka-kî-nitawi-mêtawêwak.

"cîst," itwêw *Willie* ispîhk kâ-kîsihtâcik.

"ka-kî-nitawi-kiyokawânaw *Mr. Kaiswatum.* kikiskisitotawâw cî
pwâtisimowinihk ohci? êwako ana kâ-kî-kâkîsimot."

"ahâw," itwêw tâpwê.

"âstam. postiska kimamâhtâwastotin êkwa ati-sipwêhtêtân."

"mamâhtâwastotin? ha!" itwêw tâpwê. "namôya ahpô
pêyakwâw ta-kî-mâmaskâci-tôcikêmakan ôma kakêpâci-astotin.
kîkway êtikwê 'kâ-isi-mamâhtâwahk?' nawac môcikisiw
owawiyasihiwêw piko ispî. hêy! ahpô êtikwê *Mr. Kaiswatum*
kiskêyihtam wâpos âtayôhkêwina."

"tâpwê, *Mr. Kaiswatum* nawac mihcêt kiskêyihtam
âtayôhkêwina iyikohk kotak awiyak ôta ohci – ahpô piko itê,

êtikwê. mâka kîspin âtayôhkêci wâpos âtayôhkêwina piko
ta-nitohtaman! wâpos ana tâpwê owawiyasihiwêw."

"êwako nikiskêyihtên," itwêw tâpwê, nawac piko
ê-watakamisit. mâka postiskam omamâhtâwastotin êkwa
sipwêhtêwak, ê-pimitisahokocik *Willie* otêma.

   hâw êkwa, *Mr. Kaiswatum* kapê kî-pê-cîhkêyimêw
atimwa. tâsipwâw wiya kâ-kî-miyât *Willie*wa otêmiyiwa ispîhk
kâ-kî-acimosisiwiyit êkwa kî-wîhêw 'kâsakês.' êkospîhk
kî-âyimisisiw kâsakês ê-ati-kîsi-ohpikit. kî-wiyinow, êkwa
kêkâc misiwê kî-wîposâwisiw mâka kî-kaskicêsisiw êkwa
pêskis kî-wâpiskisisiw. anima wîhowin 'kâsakês', *Willie*
wîhtamawêw tâpwêwa, 'kâsakêwa mitakisiya' ê-itwêhk, ayisk
awa atim mâna ê-kitât tipiyaw omîciwin êkwa pakosîhtâw
kahkiyaw kotaka omîciwiniyiw.

   "kâsakês!" isi-têpwêw *Mr. Kaiswatum* ispîhk kâ-pêtâpamât.
"tânisi mâka apisci-kâsakês? kêyâpic cî kimîcin piko kîkway
kâ-wâpahtaman?"

   "âha, tâpwê," itwêw *Willie.* "nimis wîhêw *Piggy*, mâka niya
Brownie nititâw."

   mâcika kitayâwâw atim nisto ê-wîhowit? mêtoni
miywâsin!"

   "tânitê êtikwê wâpos ê-ayât anohc?" itwêw tâpwê. namôya
kî-nôhtê-mâmiskômêw atimwa.

   nisihkâc nanamiskwêyiw *Mr. Kaiswatum.*

"ôh, nama wîhkâc ka-kî-kiskêyimâw wâpos," kî-itwêw.

"pê-itohtêw êkwa sipwêhtêw. mitoni mâmaskâc-âyiwiw ana.
mêtoni kayâsêskamik ohci kî-pê-pimâtisiw."

"tâpwê cî?" kî-itwêw tâpwê.

"nawac kisê-ayiwiw iyikohk kiya?" kakwêcihkêmow *Willie*.

"wahwâ, âha, tâpwê!" kî-itwêw *Mr. Kaiswatum*, ê-pâhpit.

"ahpô mîna nimosôm, kayâs ohci, kî-nisitawêyimêw wâposwa.
kisêyiniw mâna nikî-âcimostâk nanâtohk âcimowina anihi
kâ-kî-âcimostâkot tipiyaw omosôma, kî-itwêyiwa êsa wâposwa
ê-kayâs-âyiwiyit, ê-manitôwiyit."

"tâpiskôc cî kisê-manitow?" kakwêcihkêmow tâpwê.

"nôhkom nikî-wîhtamâk kisê-manitowa misiwê itê ê-ayâyit êkwa
kâkikê kî-ihtakoyiwa. kî-itwêw otosîhcikêw wîsta pêyakwan
kisê-manitowa êkwa otosîhcikêw kahkiyaw kîkway kî-osîhtâw,
ahpô mîna kîsik êkwa askiy..."

Willie wîcihiwêw ê-taswêkipitonêt. "êkwa kîsikâwi-pîsim
êkwa tipiskâwi-pîsim êkwa ayisiyiniwak êkwa pisiskiwak êkwa
kahkiyaw kîkway!"

"kitâpwânâwâw, nâpêsisak," kî-itwêw *Mr. Kaiswatum*. "mâka
wâpos, namôya pêyakwan kisê-manitowa. namôya kîkway
ta-kî-osîhtâw. ê-mâmêskocipayihtât piko kîkway ôta âsay
kâ-astêyik."

sîpihko-piyêsîsisak êkwa kinêpikosisak tâpwê otastotinihk
wîstawâw kî-nitohtawêwak *Mr. Kaiswatum*wa. aẏisk âh-âskaw

ê-pêhtahk *uh-huh* ahpô *chirp* ahpô *ch-ch-ch.* ê-kî-tâpwêhtawâcik
ayisk ê-kiskêyihtahkik ê-tâpwêyit ôhi kisêyiniwa.

"namôya nikiskêyihtên tânêhki kisê-manitow kâ-kî-miyât
wâposwa êwako sôhkâtisiwin," kî-itwêw *Willie.*

"namôya nîsta nikiskêyihtên," kî-itwêw *Mr. Kaiswatum.*

"mâka tâpwê wiya tipiyaw ê-osôhkâtisiwinit wâpos."

kinêpikosisak êsa ê-kî-kîmwêstawâcik sîpihko-piyêsîsa
kâ-mêkwâ-mâmiskômâcik wâposwa ôki kisêyiniw mîna nîso
nâpêsisak. êkwa kêtahtawê kâ-têpwêcik aniki piyêsîsisak
tâpwêwa otastotiniyihk.

"*kââw,*" isi-têpwêwak. "*kââw! kââw!*"

"*kââw! kââw!*" kâ-pê-isi-naskwahahk awiyak mistikohk ohci
kisiwâk, kâ-pê-twêhot ê-misikitit kaskitêwi-âhâsiw!

"tânisi ôma ê-ispayik?" kakwêcihkêmow tâpwê.

"ôh, âhâsiw ana. wawiyasihtâkosiw êkwa mâka miyohtwâw.
kitimâkis âhâsiw. kâ-mwayî-pisiskêyimikocik wâposwa, âhâsiw
otâniskotâpâniwâwa kî-miyohtâkosiyiwa, onikamo-piyêsîsa
anihi êkospîhk. mâka anohc mêskoc isi-ayâw. kiskêyihtam
ispîhk wâposwa kisiwâk ê-ayâyit ohcitaw piko ta-nâkatohkêt
awiyak. âskaw ka-wawiyasihik, âskaw namôya nânitaw
ta-itôtam."

omisi itwêw *Mr. Kaiswatum,* "nâpêsisitik, kîspin
nâkatohkêyêko ispîhk wâpos kisiwâk ê-pimahkamikisit
nawac ka-wêhcasin kipimâtisiwiniwâw. mâka kîspin êkâ

nâkatohkêyêko – iyâyaw tâpiskôc pêyakwan awa âhâsiw
kâ-kî-ispayit – kipimâtisiwin ka-kî-mêskocipayin ayisk
ê-kî-mâyinikêyan."

mwêhci êkospîhk namôya tâpwê ohci-na-nitohtam tâpwê.

ê-kî-kitâpamât *Browniewa* ê-kitâpamâyit manicôsa. atim
ana ati-nawakîw, ê-astât ostikwân onîkâniskâtihk êkwa
ê-wêwêpâyowêt tâpiskôc ê-nitawêyimât manicôsa ta-mêtawêyit,
mâka manicôsa sipwêhâyiwa.

"wâpos ana kâ-pimohtêt, kâ-pîkiskwêt, pisci-tôtamowin
ê-wî-ati-ispayik," itwêw *Mr. Kaiswatum*, "êkwa môya
kikiskêyihtên tânispîhk. mâskôc ôki piyêsîsisak
nôhtê-pêhtamwak tânisi wâpos kâ-isi-mêskocipayihât âhâsiwa?"

êkwa kîhtwâm nitohtam tâpwê.

"mâka namôya kinitawêyimitinâwâw ta-ati-sikatêyihtamêk,
nâpêsisitik," itwêw *Mr. Kaiswatum* ê-wâsêyâsiniyiki oskîsikwa.
êkâ cî ê-miywêyihtamêk âcimowina. nama cî?"

"tâpwê, nimiywêyihtênân!" itwêwak *Willie* êkwa tâpwê.
"mahti âcimostawinân."

"ahâw mâka," itwêw *Mr. Kaiswatum*. "kayâs, kayâs – mêtoni
ôma kayâsêskamik, kinisitohtên – namôya pêyakwan isinâkosiw
âhâsiw tâpiskôc anohc. wiya ana kî-mâwaci-nihtâ-nikamow ôtê
isi. kî-sôniyâwinâkosiw mîna. miyo-wâsêsi-sôniyâwinâkosiw.
êkwa kî-miyohtwâw, miywâsin ôta ta-ayât, piko awiya kî-sâkihik.
kotaka pisiskiwa kî-nâh-nitomikow ta-wîci-mîcisomât.

"pêyakwâw ê-otâkosik wâpos awa ê-kî-ay-apwêt wiyâs. âhâsiw kî-pê-kiyokêw ê-miywêyihtahk kâ-miyo-kîsikâyik. namôya ahpô kî-nôhtêhkatêw. aya, êcik âni wâpos ohcitaw piko ka-nâsipêt ta-kwâpikêt, êkosi atotêw âhâsiwa ta-wêwêstêhamiyit iskotêw êkâ ta-âstawêyik. âhâsiw asotamâkêw êkosi ta-itôtahk.

"aciyaw, âhâsiw kwayask itôtam ê-kanawêskotêwêt. mâka wâpos, awa owawiyasihiwêw, kinwêsk kî-sipwêhtêw, namôya wîpac kâwi kî-pê-itohtêw. cîst, nâsipêtimihk êsa nakiskawêw wâpos iskwêwa, êkwa kikiskêyihtênâwâw êtikwê kapê mâna awa wâpos nitawêyihtam ta-pisiskâpamikot iskwêwa ê-kakwê-miywêyihtamohât!

êkwa êsa awa miyo-sôniyâw-âhâsiw ohpahow mistikohk isi cîki iskotêhk ta-nâkatohkêt mâka kinwêsk itahkamikisiyiwa wâposwa mêtoni ê-ati-nipêpayit. ispîhk kâ-koskopayit, pêhtawêw wâposwa sakâhk ê-pê-itohtêyit. âhâsiw, nîhtakocin mistikohk ohci êkwa mâci-wêwêstaham iskotêw ê-kiyipît ayisk ê-ati-âstawêyik. ati-kwâhkotêyiw âtawiya mâka osâm kisiwâk êkwa osâm ê-tastapi-wêwêstahahk kotawân mêtoni ê-akwanahahk osôniyâwi-pîwaya kaskitê-pihko ohci!

tâpwê kî-kisiwâsiw wâpos! kî-kakwâtaki-nôhtêhkatêw êkwa kî-itêyihtam âsay omîciwin kâh-kîsitêyik mâka namwâc êsa ahpô! "kêhtê-kihtimikan" itêw wâpos âhâsiwa, êkwa mîna mihcêt mâyi-wîhowina. êkwa mêskocisîhêw âhâsiwa, ta-kaskitêsiyit – kâkikê! ahpô mîna otâniskocâpânisa nama

wîhkâc kîhtwâm ta-sôniyâwinâkosiyiwa. êkwa ana âhâsiw
omiyo-nikamowin? namôya ayiwâk ayâw. êkospîhk aspin
ohci âhâsiwak aniki ê-kakwê-wayawî-ostostotahkik pihko
ohpaniwâhk ohci!"

"kââw!" kâ-matwê-itwêt âhâsiw mistikohk ohci kisiwâk.

kinêpikosisak êkwa sîpihko-piyêsîsisak wâwâkipayiwak
êkwa kicosiwak ê-kitimâkêyimâcik âhâsiwa. mâka wiya tâpwê
omisi itêyihtam: "wahwâ! ana wâpos sôhkâtisiw!"

"kitimâk-âhâsiw," itwêw *Willie*.

"mâka namôya êwako kâ-mâwaci-mâyâtahk," itwêw
Mr. Kaiswatum. "mwêstâs kâ-mêskocisîhât wâpos âhâsiwa,
namôya awiyak nisitawêyimêwak! êkwa ispîhk mîna
kâ-pêhtamiyit anima maci-kitowin kâ-kitoyit âhâsiwa, namôya
kî-nitawêyimêwak kotakak pisiskiwak kisiwâk ta-ayâyit.
omisi kî-itêyihtamwak "kêscinâc kitosk-awâsimisinawak
ka-koskomikwak," êkwa kî-kostêwak pîtos ê-isinâkosiyit anihi
ayahciyiniwa otôtêmiwâwa kâ-isi-mêskocipayit. êkwa anohc ana
âhâsiw osâm piko ta-kâh-kimotit omîciwin ka-pimâcihisot.

Willie kî-ayâwêw sâsâpiskisi-pahkwêsikana opîhtâsowinihk
êkwa isi-wêpinamawêw âhâsiwa. âhâsiw nawakîpayihow –
ê-kiskêyihtahk ayisiyiniwa mâna asiniya ê-pimosinâtikot. mâka
ispîhk kisiwâk kâ-itohtêt wâpamêw sâsâpiskisi-pahkwêsikana
êkwa kitâpayihêw êkwa ispayihow ita kâ-ayâyit sîpihko-piyêsîsa
ta-pîkiskwâtât. pâtos kî-kakwê-têhtapiw tâpwêwa otastotiniyihk.
tâpwê kî-mâh-misi-mohcowi-tahkoskêw ê-nanâspitawât

wâposwa. mêtoni kî-sôhki-pâhpiw *Willie Ironchild*! mêtoni
ê-âsôskamawât âhâsiwa mîna ati-pâhpiyiwa, kayâs aspin anima
êkosi kâ-kî-itôtamiyit, êkwa kî-cîhkêyihtamiyiwa kahkiyaw
pisiskîsisa mamâhtâwastotinihk.

"wah, kiyawâw nâpêsisak omiyo-kiyokêwak," kî-itwêw *Mr.
Kaiswatum.* "kîspin pîhtikwêyêko, ka-asamitinâwâw ê-wîhkasik
kîkway. mâka piko ta-nakatâyêk ana kâsakês acimosis
wayawîtimihk. namôya nahiyikohk wîsta ka-mîcit."

êkospîhk nistam kâ-kocispitahk tâpwê sîsipâskwat.

sîsipâskwat anima kî-âyiman ka-kâhcitinamihk êkota
askîhk êkwa *Mr. Kaiswatum* mêtoni kî-wîhkistam! tahtwâw
kayâs ohci otôtêmâkana sâkâstênohk ohci kâ-pê-kiyôtêyit,
kî-kiskêyihtamiyiwa kîkway ka-pêtamâkot awa kâ-miyohtwât
kisêyiniw: misi-pahkwêpicikan, ê-sîwâk, ê-wîposâwâk
sîsipâskwat.

êkwa sîsipâskwat anima kâ-misihikot tâpwê kâ-pê-kîsikâyik.

10

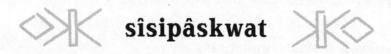

sîsipâskwat

kî-miyo-pôni-âpihtâ-kîsikâw, êkwa tâpwê êkwa wâpos
ê-kî-ay-apicik sîpâ mistikohk, ê-âh-âcimostâtocik. nistam ôma
êkospîhk omamâhtâwastotin kâ-kî-nakatahk tâpwê. kî-akotâw
akotâsowinihk otâhk wâskahikanihk êkwa kî-sipwêhtêw, êkosi isi.

kîsinâc, namôy wîhkâc kiskêyihtam tâpwê kîspin ôhi
wâposwa otâcimowiniyiwa tâpwê ê-tâpwêmakaniyiki ahpô
cî kîkwaya kâ-akâwâtamiyit wâposwa ka-tâpwêmakaniyiki.
kêtahtawê tâpwê kî-kakwêcimêw wâposwa êwako
kakwêcihkêmowin.

"kitâpwêhtawin cî kâ-itwêyân?" kî-itwêw wâpos
ê-pakosêyimonâkosit.

ispîhk tâpwêwa kâ-itwêyit êkâ ê-kêhcinâhoyit, wâpos
wîhtamawêw tânisi ê-ispayiyik otâcimowin.

"kîspin kipakosêyimon nitâcimowina ka-tâpwêmakahki,
êwako miywâsin," kî-itwêw. "kîspin kititêyihtên ê-tâpwêmakahki,
nawac êwako miywâsin. mâka anima kâ-mâwaci-miywâsik
ispîhk kâ-itôtaman tâpiskôc ê-tâpwêmakahki."

êkospîhk anima, kâ-itwêt wâpos, êkospîhk anima
âcimowina kâ-ati-tâpwêmakahki. wâpos wîhtamawêw tâpwêwa
omâmitonêyihtamowin ê-sôhkaniyik, êkwa

kîspin ta-kî-kaskimât nahiyikohk ayisiyiniwa ta-itôtamiyit
tâpiskôc kîkway ê-tâpwêmakaniyik, êkosi ka-ispayin.

êwako wawânêyihtamihikow tâpwê. namôya
mâna kî-kiskêyihtam kîspin ê-akâwâci-âcimoyit wâposwa
ahpô cî sôskwâc ê-kiyâskiyit. anohc pêyakwan êkosi isi.
"cikêmâ kinisitawinên ispîhk kâ-nîmiskotêwêhtêt pîsim,"
kî-itwêw wâpos. tâpwê awa wiya ê-kî-ka-kanawâpamât *Mrs.*
Sesap ê-matwê-akocikêyit.
"namôya," itwêw tâpwê. "kîkwây anima? âcimowin cî?"
"namôya anima ahpô âcimowin," itwêw wâpos. "piko awiyak
ôta kiskêyimêw anihi kâ-nîmiskotêwêhtêyit pîsimwa. nîso
pipon aspin kâ-kî-nipahi-kisinâk ê-pôni-âpihtâ-kîsikâk – *brrr!*
– êkwa kîsikohk, êkota kî-nôkosiwak: ana pîsim tastawâyihk
ê-apit êkwa âyîtaw nîso pîsimosisak, namahcîhk êkwa
kihciniskêhk. nisto pîsimwak kisik ê-ayâcik kîsikohk. tâpwê!
ka-kî-kakwêcimâw *Mrs. Sesap* nâha. pêskis wîsta kî-wâpamêw."
tâpwê kî-itêyihtam ta-kotêyimât wâposwa. pasikôw êkwa
ispahtâw akâmihk paskwâhk ê-nâcipahât *Mrs. Sesapa.*
"*Mrs. Sesap*, tâpwê cî kiya êkwa wâpos ê-kî-wâpamâyêkok
nisto pîsimwak kîsikohk pêyakwan ispî?"
"âha, âha, êkosi kî-ispayin, tâpwê. êkospîhk ana pîsim
kâ-nîmiskotêwêhtêt. namôya mwâsi piko awiyak êwako
wâpamêw mâka âh-âskaw mâna ispayin. wâsêsiwin piko
ta-nahipayik. nitânis *Missy* êkwa nikosis *Rodney* wîstawâw
kî-wâpamêwak."

tâpwê nanâskomêw êkwa kâwi kî-itohtêw ita kâ-ayâyit
wâposwa, sîpâ mistikohk.

"cîst?" itwêw wâpos. "kikî-wîhtamâtin. kâ-nîmiskotêwêhtêt
pîsim."

tâpwê pisiskâpamêw ispîhk kâ-pîkiskwêyit wâposwa,
ê-saskatwêyimopayiyit. tâpwê kanawâpamêw wâposwa. ispîhk
kâ-wâpahtahk kîkway ê-miciminamiyit, tôhkâpipayiw tâpwê.
wâpos pôni-pîkiskwêw êkwa sêyâpitêw,
omisi-wâposo-sêyâpitêwin. kî-pasakwâpisiw omihkoskîsikosa,
wâh-wâkipayihtâw ohtawakaya pâh-pîtos itê isi êkwa nisihkâc
itwêw: "sî…si…pâs…kwat!"

tâpwê kanawâpahtam sîsipâskwat êkwa kiskisiw
kâ-isi-wîhkasiniyik. kanawâpamêw wâposwa ê-akâwâtamawât,
êkosi piyisk wâposwa pahkwênamâkow apisîs êkwa miyikow.
"kisêyiniw *Kaiswatum* aspin ôtênâhk ê-itohtêt ê-nitawi-kiyokawât
otânisa. mistahi sîsipâskwat ê-ayât, kî-itwêw, êkwa êkosi
ta-kî-asamisoyân."

êwakw ânima kâ-apisâsik mâkwahcikanis sîsipâskwat
kî-sâkôcimikow tâpwê. ohcitaw piko ayiwâk ta-mîcit!

"nâtamâso!" itêw wâpos. "mistahi ayâw ana kisêyiniw.
namôya ahpô ka-kwêtawêyihtam. niwî-kîwân êkwa." aspin
wâpos ati-kwâskohtiw, ê-nikamot kayâs-nikamowin kêkâc piko
awiya kayâs ohci kâ-kî-wanikiskisiyit.

êkwa ôma *Mr. Kaiswatum* owâskahikan astêyiw cîki
mêskanâhk kâ-kîwê-pimitisahahk tâpwê, êkosi nitawi-ay-apiw
wayawîtimiskwaht, mâka aciyaw piko.

tâpiskôc ê-kî-kocispitahk sîsipâskwat otêyanîhk.

êkosi êkwa tâpwê nitawi-pahpâwêhikêw mâka nam âwiya
pê-naskotamiyiwa. tâpiskôc kî-tâpwêw wâpos ê-kî-sipwêhtêyit
*Mr. Kaiswatum*wa.

piyisk tâpwê namôya kaskihtâw ta-nakinisot, êkwa
kîmôc pîhtikwêw ê-cacahkwanît. êkota akocikanihk
piminawasowikamikohk, ê-wêwêkinikâtêyik tâpiskôc pâmwayês,
astêyiw wêwêkinikan *Mr. Kaiswatum* kâ-kî-taswênahk ta-asamât
tâpwêwa êkwa *Willie*wa. âyîtaw âh-âpasâpiw tâpwê. tâpiskôc
okimotisk itêyimisow, kiyâm âta anima wâposwa kâ-kî-itikot.

kî-nîhtinam sîsipâskwat akocikanihk ohci, manisam apisîs,
êkwa asiwatâw opîhtâsowinihk. êkwa kîhtwâm wêwêkinam
êkwa kâwi akocikanihk astâw. êkwa wayawîw wâskahikanihk
ohci êkwa ê-ati-sôhkêpahtât mêskanâhk.

ati-mâh-mâyipayihikow êkospîhk ohci. pêyak kîkway, êkotê
kâwi itohtêw tâpwê ê-nâtahk sîsipâskwat –nistwâw pâskac!
êkwa mîna namôya ayiwâk ê-pisiskêyimât pisiskîsisa kâ-ayâyit
omamâhtâwastotinihk. âh-âskaw piko mâna nakîw ê-kitâpamât,
tâpiskôc kayâsi-mêtawâkana ê-itêyimât. mâka ayiwâk
ahpô âhkami-kakwê-naspitawêw wâposwa, ta-mawinêhwât,
ta-miyo-itâpamikot. kiyâm mîna ispîhk kâ-wîci-mêtawêmât
*Willie*wa tâpitaw pâh-pîkiskwâtêw wâposwa.

11

 **ê-mêskocipayicik
mêtawâkana isi**

nânitaw êkospîhk ôma mâna kâ-ihkihk, *Ironchild*
owâhkômâkaniwâwa pê-kâh-kiyokêyiwa. osk-âyak mânokâtamwak
mîkiwâhpis otâhk wâskahikanihk ita ta-nipâyit kahkiyaw
awâsisa. tâpwê wâpamêw *Willie*wa kâ-isi-miywêyihtamiyit
ta-wâpamâyit ociwâma kâ-mâwaci-miywêyimâyit *Marvin*a.

"êwako awa nitoski-tôtêm," kî-itwêw *Willie*, ê-nakiskamohtahât.
"tâpwê isiyihkâsow, êkwa kiwâhkômâkaninaw awa,
akâmi-wâyahcâhk ohcîw, êkwa...ah, namôya kika-tâpwêhtên
ôma, mâka ayâw tâpwê mamâhtâwastotin ita kâ-ayâyit piyêsîsisa
êkwa yôspi-kinêpikosisa."

"awas!" kî-itwêw *Marvin*. "ê-nanwêyacimêyan mâka mîna,
Willie. kikiskêyimitin ôma."

"kika-wâpahtihik!" itwêw *Willie*. "mayaw kîsi-astâyahko ôhi
akohpisa mîkiwâhpihk!"

   mâka namôya kî-wîcihtâsow tâpwê, namôya ahpô kî-pêhow
ta-wâpahtihât *Marvin*a omamâhtâwastotin. iyâyaw kî-wîcêwêw
wâposwa posiskahcâsihk isi. kî-ati-âpocikê-akosinwak,
ê-mêtawêcik 'wâpasim êkwa pahkwâcîs'. piyis tâpwê êkwa
pakitinâw wiya ta-pahkwâcîsiwit.

"nawac nakacihtâw wâpasim ayisk ê-nîhtâ-kâsôt
wîhpâwihtakohk," nanwêyacihêw wâpos.

"namôya, nawac pahkwâcîs nakacihtâw ayisk ê-kaskihtât
ta-papâmihât kâ-tipiskâyik ta-kâhcitinât sakimêsa!" kâwi
nanwêyacihêw tâpwê, wawiyas.

"ha!" kâ-itwêt wâpos. "awîna kâ-nôhtê-papâmihât
kâ-tipiskâyik ta-kâhcitinât sakimêsa? kakêpâtan êwako
ta-itôtamihk!"

(tâpwê mâmitonêyihtam tânêhki, kiyâm kîspin
ê-wâpasimowit ahpô ê-pahkwâcîsiwit, namôya wîhkâc
kaskihtâw ta-paskiyawât wâposwa.)

"tâpwê, âstam!" kâ-têpwêt Willie ê-nîhtaciwêpahtâcik
wiya êkwa Marvin. "âstam, pê-wâpahtih Marvin
kimamâhtâwastotin!"

miywêyihtam tâpwê êkâ ayiwâk ta-wîci-mêtawêmât
wâposwa 'wâpasim êkwa pahkwâcîs'. tâspwâw êsa,
ati-itêyihtam tâpwê anima 'wâpasim êkwa pahkwâcîs'
mêtawêwin ê-kakêpâcasiniyik. kapê mâna ê-mâyiskâkot.
mêkwâc ôma itêyihtam ta-kî-miyo-kanawâpamiht, êkwa
itêyihtam omisi-pâhpisiwin êkwa omamâhtâwastotin
ka-miyo-âpatanwa êkosi ohci! nisto nâpêsisak kâwi
itohtêwak mîkiwâhpihk ita kahkiyaw Willie owâhkômâkana
ê-miywâpahkêyit kâ-kî-isi-miyo-mânokêyit awâsisa.

otinam tâpwê otastotin akotâsowinihk ohci otâhk
wâskahikanihk kâ-akotêyik êkwa postiskam. kanawâpahtam

ocikâstêsiniwin wâsênikanihk êkwa kâh-kocihtâw ta-pâhpisit.

wahwâ! nânihkisiw ta-wâpahtahk ohkwâkaniwâwa!

"hâw, piko awiyak!" itwêw *Willie*. "êwako awa tâpwê, nitôtêm akâmi-wâyahcâhk kâ-ohcît. kanawâpahtamok omamâhtâwastotin!"

aciyaw nakîw tâpwê. êkwa tastakiskwêyiw êkwa nisîhkâc tastawâyihk itohtêw ita kâ-mâmawihitohk, ê-misi-pâhpisit êkwa ê-kâh-kwêskiskwêyit. piko awiyak kâmwâtisiwak êkwa manâtisiwak, tâpiskôc ê-pêhocik kîkway mamâhtâwisiwin ka-ispayik.

kikiskêyihtên cî kîkway kâ-kî-ispayik?

nama kîkway. nama kîkway kî-ispayin.

nayêhtâwihtâkwan kipihtowêwin. môsihtâw tâpwê kîkway ê-mâyipayiyik.

nawac kakwê-misi-pâhpisiw, êkwa kî-pêhow…êkwa kî-pêhow. mâka namôya kêyâpic kîkway kî-ispayin.

piyisk *Willie* okâwîsa kî-pîkiskwêyiwa. "âh, kicimâkinâkwasin," kî-itwêw. "ê-kî-miywâsik astotin ita mêtawâkana ê-tahkohtastêyiki."

kahkiyaw ayisiyiniwak kî-itwêwak tâpwê otastotin ê-miyonâkwaniyik. êkwa kâwi nitawi-miywâpahtamwak mîkiwâhp.

ohpimê isi kwêskîw tâpwê. kî-nêpêwisiw. êkwa ati-sêkisiw. na-nisihkâc kâwi wâskahikanihk ati-itohtêw. kêcikoskam omamâhtâwastotin êkwa kanawâpahtam.

"wâh-wahwâ!" kî-isi-mâtow. kî-ohcikawâpiw. "wâh-wahwahwâ!
namôya kêscinâc tâpwêwin ôma!"

måka okâwîsimâw *Marie* kî-tâpwêw. sîpihko-piyêsîsisak
êkwa kinêpikosisak ê-kî-mêskocipayicik mêtawâkana isi.

12

maskihkiy nikamowin

asicihtak âsokâpawîstam tâpwê wâskahikanihk. mêtoni
wawânêyihtam. tânisi ôma ê-ispayik? tahkicihcêw êkwa
mîna kîskimisisiw, tâpiskôc kostâcihkwâmiwinihk ê-ayât
êkwa êkâ ê-kî-koskopayit. kêtahtawê kî-atimipahtâw *Mr.
Kaiswatum* owâskahikanihk isi – mâka namôya êkwa
ê-nâcipahtât sîsipâskwat. kiskêyihtam êkota ta-kî-pêyakot.
ê-nôhtê-mâmitonêyihtahk ôma kîkway kâ-ispayiyik.

wîhkâcîs êkwa ay-apiw cîki *Mr. Kaiswatum*wa
otapisci-mihtihkâniyihk. miciminam mamâhtâwastotin
êkwa kîhtwâm kanawâpahtam. êkwa sâminêw piyêsîsa.
kî-tahkisiw êkwa kî-sôhkâskosiw tâpiskôc mêtawâkan
mistik kâ-ohci-osîhcikâtêk. êkosi mîna aniki kotakak.
kitimâki-Ch-ch-ch kî-âhkwaciw tâpiskôc *S* ê-isinâkosit.

tânisi mâka ta-kî-itôtahk?

"namôy wîhkâc kîhtwâm nika-wâpamâwak ka-pimâtisicik,"
isi-kîmwêw tâpwê. kî-nanamipayiw êkwa kî-kicîskâpitêw.

kiskisiw ohkoma kotak kâ-kî-miyikot – okakêskimâwasowin:
"tâpwê, pêyâhtak owawiyasihiwêwak!"

cikêmâ! wâpos awa kâ-kî-itôtahk – tâpiskoc
kâ-kî-mêskocipahât âhâsiwa kâ-kî-sôniyâwinâkosiyit
nikamowi-piyêsîsa isi kaskitêwi-mîkwani-kayâsi-omawimowa.
êkwa tâpwê kî-kostâci-mâmitonêyihtam.
"wâh-wahwahwâ!" kî-kisîwêw. "ahpô êtikwê nîsta
nika-mêskocipayin mêtawâkan isi! mwêhci êkosi ka-itôtam
wâpos...wâh-wahwahwâ!"
ati-mâtow, otihtimana nanamipayiniyiwa ê-isi-mâtot.
opîway omamâhtâwastotinihk itiskwêsin tâpwê ê-ohcikawâpit.
ostikwânihk pêhtam nikamowin. ê-pasakwâpit nitohtam. awiya
ê-nikamoyit – ê-sôhkihtâkosiyit êkwa ê-kisîwêyit.

mâmaskâc! tâpiskôc mikisiwak ê-matwê-pêhtâkosicik
wâhyaw ohci, mâka kotakak onikamowak naskwahamwak –
êkwa wiyawâw opêhtâkosiwiniwâwa kisâstaw piyêsîsisak êkwa
kinêpikosisak otastotinihk ohci ê-itihtâkosicik! pa-pêyâhtak
na-nitohtam onikamowiniwâw:

    kikî-nitohtawâw ana kotak
    kikî-nitohtawâw ana kotak
    êkwa kiwanikiskisin tânisi ka-isisimoyan
      kipahkahokowin hââ yââ

koskwâwâtisin tâpwê.
'nipahkahokowin?' itêyihtam. pôni-mâtow. ê-pawâmit cî ôma?
kakwê-sôhki-nitohtam.

êwako anima kwayask ohci owawiyasihiwêw
êwako anima kwayask ohci owawiyasihiwêw
piko ta-âpacihtâyan kâ-kî-miyisk kisê-manitow, kiya piko
êwako miyikosiwin, hââ, yââ,

cikêmâ! kêtahtawê piko kîkway ati-nisitohtam. aspin nistam
kâ-kî-nakiskawât wâposwa, tâpwê awa ê-kî-kakwê-naspitawât!
êkwa mîna kotak kîkway kiskisopayiw. kâ-otôtêmikot anihi
pisiskiwa mamâhtâwastotinihk ê-miyoskâkot tâpwê – êwako
anima kâ-isi-mamâhtâwahk. mâka pîhtaw ê-kî-kitimahât tâpwê
ispîhk kâ-kî-ati-otôtêmit wâposwa.
   "tâpika ta-kî-otôtêmiyân mîna êwakonik," itêyihtam tâpwê.
kahkiyaw ta-kî-otôtêmitoyâhk kîspin ê-kî-kocîhtâwak êkospîhk.
pwâstâw mâka êkwa.
   nikamowin âhkamipayin:

piko ta-itôtaman kîkway kiya kâ-nôhtê-itôtaman
piko ta-isi-ayâyan kîkway kiya kâ-nôhtê-isi-ayâyan
isi-ayâw awîna kiya kâ-nôhtê-isi-ayâyan
kiya ôma kiya piko,   hâ yâ!   hââ yââ!

kiskinwahamâkêwin

wîci-sôwahkêyimêw mikisiwa tâpwê. nîhcâyihk
kî-wâpamisow êkwa kî-wâpamêw *Mr. Kaiswatum*wa mêskanâhk
ê-pêci-pimohtêyit, ê-pâhpisiyit mîna ê-nikamosiyit.

"kîkway mâka ôma?" pêhtawêw *Mr. Kaiswatum*wa
ê-itwêyit, ê-pâhpisiyit. "îh, kahkiyaw ôhi pîskatahikêwina
kâ-astêki nimihtihkânimihk! kêhcinâc awiyak ôcênâsihk
ê-mâh-môsâhkinahk pîskatahikêwina kapê-kîsik."

êkwa *Mr. Kaiswatum* kakwêyâhow ita ê-wâpahtahk miyâsis
ê-astêyik awasitê mihtihkânihk. namôya aniki pisiskîsisak
kî-waskawîwak mamâhtâwastotinihk ohci.

"tâpwê, tâpwê!" kî-isi-têpwêw. ê-pakamahwâsit tâpwêwa
waniwâyihk. "tânisi ôma ê-ispayik, nâpêsis?"

kî-nipahi-kâmwâtisiw tâpwê. *Mr. Kaiswatum* nanamipitêw
nâpêsisa mâka namôya nânitaw naskomow.

êkwa sisikoc kâwi mohcihk ayâw tâpwê,
ê-papâsi-misi-yêhyêt. tohkâpiw êkwa wâpamêw *Mr.
Kaiswatum*wa ohkwâkaniyiw ê-âstêyihtamiyit.

"wahwâ, tâpwê," kî-itwêw *Mr. Kaiswatum*. "kêkâc pahkisimon,
nâpêsis! ka-otakikomin, ê-nipâyan mohcihk. kêkâc
kinipahi-sêkihin. kimiyw-âyân cî?

nisihkâc ati-simatapiw tâpwê. omamâhtâwastotin
ê-pîmastêyik ostikwânihk, êkwa ê-mihkwacâpit êkwa
ê-pâkipayiki oskîsikwa, omâtowin ohci.

"tânisi ôma, nâpêsis?" itwêw *Mr. Kaiswatum.*

"ôh, *Mr. Kaiswatum,*" itwêw tâpwê. "nimâyimahcihon…
tâpiskôc pîtos askiy ê-kî-ayâyân." kî-misi-yêhyêw mwayês
kîhtwâm
ê-pîkiskwêt. "kîkway piko ta-wîhtamâtân. ispîhk
kâ-sipwêhtêyan kiwâskahikanihk nikî-pîhtokwân êkwa âtiht
kisîsipâskwat nikî-otinên. wâpos ê-kî-wîhtamawit namôya
nânitaw êkosi itôtamâni, mâka namôya nika-kî-atâmêyimâw
wâpos ayisk nitêhihk nikî-kiskêyihtên ê-namastêk. mâka kêyâpic
nikî-nitawi-otinên, êkwa ayiwâk nikî-kimotin – pâskac nistwâw.

"ôh, mastaw nikî-pê-âhkosin nitêhihk! namôya
nikî-pisiskâpahtên pâtimâ anohcihkê mâka êtikwê
ê-ati-mêskocipayiyân tâpiskôc wâpos ê-ati-isi-ayâyân. ahpô
mîna pisiskîsisak nitastotinihk mêskocipayiwak. tâpiskôc
mêtawâkana ê-kî-isi-pamihakik iyâyaw nitôtêmak êkwa tâpwê
mêtawâkana isi-mêskocipayiwak!" itisinamawêw otastotin
*Mr. Kaiswatum*wa ta-wâpahtamiyit. "namôya nitâpwêhtên
ê-wêpinamân otôtêmiwiniwâw. otôtêmiwiniwâw anima
kâ-ohci-mamâhtâwaniyik mamâhtâwastotin! êwako êkwa
nikiskêyihtên mâka êkwa pwâstâw."

mâtowinâpoy pahkihtiniyiw wanawâhk.

"êyiwêhk, kikî-asastamâtin ôhi mihta, ta-kakwê-tipahamân
anima sîsipâskwat kâ-kî-kimotamâtân. êkwa kâ-kî-pawâtamân,

êkota ê-pêhtamân mâmaskâci-nikamowin. nistam nikî-sêkisin, mâka ispîhk mikisiwak kâ-nikamostamawicik, namôya ayiwâk nikî-sêkisin."

nikamostawêw *Mr. Kaiswatum*wa tâpwê anima nikamowin kâ-kî-pêhtahk opawâmiwinihk. mêmohci kî-kiskisiw.

nanamistikwânêw *Mr. Kaiswatum* ê-nitohtahk.

"hô, tâpwê!" kî-itwêw ispîhk kâ-kîsi-nikamoyit. "mêtoni mâmaskâtan! pikwac-âyihk kikiskinwahamâkon kihci-kiskinwahamâkêwina anohc, êkwa kwayask kikiskinwahamâkosin. âskaw mâna êkosi kahkiyaw kiyânaw ta-kiskinwahamâkawiyahk. ohcitaw piko ta-paci-tôtamahk ta-kiskêyihtamahk anima kîkway kwayask ka-itôtamahk. mâka mêtoni kitosk-âyâwin ta-kiskinwahamâkosiyan êwakoni! kitâstêpayin cî êkwa?"

"nipîkiskâtisin, mâka âtawiya namôya ayiwâk nitâhkosin nitêhihk," itwêw tâpwê. "mâka êcika ôma" ê-koskwêyihtahk tâpwê, "namôya ayiwâk nikisîstawâw wâpos."

"êwako miywâsin, tâpwê,' itwêw ana kisêyiniw. "âsay pêyak wâpos kitayâwânaw, êwako êkwayikohk! wâpos ana ohcitaw êkosi isi-ayâw – owawiyasihiwêw, êkwâni piko. êkwa niyanân nitayâwânân pêyak piko tâpwê, ohcitaw piko êkosi ta-isi-ayât, nimiywêyihtên ta-itwêyân. kîspin wâpos êkwa tâpwê naspitâtitowak ka-kitimâkisinaw!"

pâhpisiw tâpwê ê-mâcosit êkwa âkwaskitinêw *Mr. Kaiswatum*wa, nawac piko ê-nêpêwisit. êkwa môsihtâw kîkway ê-waskawîmakaniyik ostikwânihk.

"*Chirp?*" kî-pêhtam.

nawac ati-misâyiw tâpwê opâhpisiwin. kêcikoskam otastotin êkwa kanawâpamêw kahkiyaw pisiskîsisa, ê-mâmaskâtahk.

"*Chirp! Buzzz! Tweet, whistle! Ch-ch-ch!*" pisiskîsisa wâh-wâkipayiyiwa êkwa wêwêpipayiyiwa ispîhk tâpwê ê-âkwaskitinât.

iyikohk kî-miywêyihtam tâpwê êkwa kî-nanâskomow ê-miyw-âyâyit mêtoni namôya nânitaw kî-itwêw. mâka môya katâc kîkway ta-itwêt. otôtêma pisiskîsisa nisitohtamiyiwa kâ-isi-môsihtât. kikiskisin cî sîwinikan maskwa ka-sipwêtisahahk itasinâsowina? tâpwê wiya sâkihiwêwin ay-itisaham.

mwêhci Brownie ana acimosis kâ-pê-ispahtât êkwa apiw asicâyihk tâpwêwa.

"môya katâc kîkway ta-isi-mâmaskâci-tôtaman, *Brownie*," itwêw tâpwê, ê-cihcîkinât acimosa nâway ohtawakâyihk. "kapê ka-sâkihitinân ayisk ê-miyo-otôtêmimiwêyan."

Mr. Kaiswatum pâhpihkwêstawêw nâpêsisa êkwa acimosa.

"kinanâskomitin ôhi ohci pîskatahikêwina, tâpwê," kî-itwêw.

"kinanâskomitin ê-wîcihiyan nikiskinwahamâkosiwin ohci," kî-itwêw tâpwê. kêyâpic êtikwê kimasinahamâtin atoskêwin."

"nika-nanâskomon ôta ka-pimahkamikisiyan, nâpêsis," itwêw kisêyiniw. "pê-kiyokawihkan piko ispî nitawêyihtamani."

14

 # wawiyasihâw
wâpos

pêyakwâw ê-kîkisêpâyâk, pâtos ê-kî-kîsi-atoskêcik, *Willie*
êkwa tâpwê kî-mêtawêwak ocipicikêwin *Brownie* asici
ispîhk kâ-wâpamâcik *Mr. Sam Rockthunder*a ê-pêci-nôkosiyit.
ê-pâhpisiyit.

"tânisi, nâpêsisak!" kî-itwêw.

"tânisi," kî-itwêwak tâpwê êkwa *Willie.*

"*Willie*, kêscinâc kâh-nôhtê-kiskêyihtên nikiskânakosinân
ê-kî-pê-kîwêt kîkisêp pâtos ê-kî-kâsôstâkoyâhk kinwêsîs.
kêscinâc kâh-nôhtê-wâpahtên tânêhki awa kâ-kî-kâsôt."

pasikô-kwâskohtiw *Willie.* "acimosisa cî ê-ayâwât?"

"âha!" kî-itwêw *Mr. Rockthunder.* "têpakohp acimosisak!
nikî-itêyihtênân kêyâpic pêyak ispayiw ispîhk ta-nihtâwikiyit,
mâka nikoskohikonân. âstam pê-wâpamik! kîsta mîna, tâpwê."

Willie êkwa tâpwê pimitisahêwak *Mr. Rockthunder*a
awasâyihk isi mostosokamikohk. êkota kâ-ayâcik: têpakohp
acimosisak, kahkiyaw ê-nôhisocik, ê-nôhâwasot kiskânak
ê-pimisihk maskosîhk, ê-miywêyihtahk. côhkâpisiwak
acimosisak, mâka nawac piko pasakâpiwak.

"êkâ cî ê-wâpicik?" kakwêcihkêmow tâpwê.

"namôya," itwêw *Mr. Rockthunder,* "ê-osk-âyiwicik ôki
acimosisak. namôya cêskwa kinwêsk ohci-tôhkâpiwak. piyisk
kwayask ka-isinâkwaniyiwa oskîsikowâwa. êkwa mîna nawac
ka-mêtawêskiwak."

"ôh, cîst," itwêw tâpwê. "ati-nipêpayiwak."

"pêyak cî nika-kî-tahkonâw?" kakwêcihkêmow *Willie.*

"wâh, osâm mêkwâc apisîsisiwak. ka-pêhoyan piko," itwêw
Mr. Rockthunder. "mahti êsa awasi-wâpahki ka-kî-pê-otinamâson
pêyak. mâka ohcitaw piko ta-kisâtâcik okâwîwâwa kanakê
mihcêcîs ispayinwa. ka-pakitinânawak ta-nipâcik pitamâ."

kâ-ati-kîwêcik, *Willie* êkwa tâpwê mihcêt atim wîhowina
ati-osîhtâwak. êkwa kî-kociskâtitowak isko wayawîtimiskwaht
Willie wîkihk. êkwa tâpwê omisi kâ-itwêt, "cîst, mahti osîhâtânik
acosisak êkwa ahcâpiy êkwa pimotahkwêtân!"

êkosi kî-itôtamwak.

hâw, iyâyaw ka-cîposîhâcik acosisa pêyakwan
katawa kâ-osîhihcik, *Willie* êkwa tâpwê kî-miskawêwak
oskahtako-pikîsa êkwa âhêwak wanaskoc acosisihk.
ê-nitawêyimâcik otacosisiwâwa ta-kikamoyit kotahâskwânihk
namôya piko ta-sâpopayiyit.

êkwa kâ-sipwêhtêcik, nîhcâyihk sîpîsisihk isi,
posiskahcâsihk isi, êkwa kinêpikosisa mamâhtâwastotinihk
ohci ê-pôsiyit tâpwê opîhtâsowinihk, tâpiskôc kayâhtê. *Brownie,*
ana atim nisto k-ôwîhowinit, wîcêkwak. âskaw mâna âhki
ê-mahihkaniwit mâka mâna wanikiskisiw êkwa kâwi atimowiw.

ê-ati-pa-pimohtêcik êkwa sisonê sîpîsisihk ispîhk tâpwê kâ-tôskinât *Willie*wa.

"cîst!" kî-kîmwêw. "nêki kimisak!"

mistikohk ispayihowak tâpwê êkwa *Willie* êkwa kîmôtâpiwak êkota ohci. âtiht iskwêsisak sîpîsisihk ayâwak ê-atimikâpawîstawâcik nâpêsisa. ê-kî-kanawêyimâcik nêwo oskawâsisa ê-wâh-wêwêkinimiht akohpihk. kahkiyaw oskawâsisa kî-nipâyiwa maskosîhk êskwa iskwêsisak ê-kisîpêkinikêcik.

hâw, êkwa nâpêsisak kî-wâpamêwak owawiyasihiwêwa.

"îh-hî," kî-itwêw *Willie*. "mâka awa macâtis."

wâpos awa kî-nâciyôscikêw mistikohk ohci, ê-nâciyôstawât, ê-kîmôcisit. nâciyôstawêw iskwêsisa, ôhi namôya wâpamikow, êkwa anâskêw kâsîhkwâkan asicâyihk oskawâsisa. êkwa nawakîw – mêtoni nisihkâc – otinêw pêyak oskawâsisa, iskwêsisa, êkwa ahêw kâsîhkâkwanihk. êkwa kotaka oskawâsisa otinêw, nâpêsisa, êkwa wêwêkinêw iskwêsisa otakohpimiyihk. êkota êkwa mêskocîhêw nîso kotaka oskawâsisa, otayiwinisiyiwa êkwa omêtawâkaniyiwa mîna kotaka kîkwaya.

"âstam, yîkatêhtêtân ôta ohci!" kî-kîmwêw *Willie*. "namôya ninôhtê-atâmêyimikawin ôma ohci."

nîhcâyihk posiskahcâsihk, nâpêsisak miskawêwak mistikwa ita ta-kî-kotahâskwêcik, mwêhci kisiwâk ohci ita wâpos êkwa tâpwê kâ-kî-mêtawêcik 'wâpasim êkwa pahkwâcîs'.

"mâhti ispimihk isi pimotahkwêtân ka-mawinêhotoyahk,"
itwêw tâpwê.

"ahâw, kiya nîkân," kî-itwêw *Willie*.

mêtoni ispimihk ispayiyiwa tâpwê otacosisa êkwa
pê-nîhcipayiyiwa – *plip* – anita misi-sikâkopakohk.

"âhâ!" *Willie* ê-kî-nanwêyacimât, "nîpiya nôhtê-mîciw tâpwê!"

sâpo mistikohk wâpamêwak *Willie* omisa êkwa otôtêmiyiwa
ê-pimohtêyit mêskanâsihk ê-kîwêhtahâyit oskawâsisa. êkotê
mîna sâpo mistikohk kî-ayâw wâpos. ê-kîmôci-pimohcêsit, itê
êkâ ê-môsihikot iskwêsisa.

Willie otinêw otahcâpiya êkwa acosisa êkwa pimotahkwêw.
nawac wiya ispimihk ispayiyiwa iyikohk tâpwê otacosisa.
êkwa pê-nîhcipayiyiwa *Willie* otacosisa –*splop!* – mwêhci
wâyipêyâsisihk cîki ositihk.

"yîh!" kî-isi-pâhpiw *Willie*. "âs!" mêtoni ê-kî-cahcahkipayiyik
asiskiy misiwê otayiwinisihk mîna ê-ma-mâyihkwêsit.

"hâ!' têpwêw tâpwê, ê-wîci-pâhpimât otôtêma. "ohcitaw
piko ta-âhcisiyihkâsot *Willie*! aya mâka *Wee-na-nesh* –
'wîninâkos' ohci.

êkwa mîna kîhtwâm tâpwê. ati-oyâpahcikêw otacosisa,
ocipitam ahcâpiyâpiy êkwa...

mwêhci ê-pakitinât otacosisa wiya êkwa *Willie* pêhtawêw
awiya ê-kisîwêyit, tâpiskôc ê-kisiwâsiyit maskwa.

"*ROSE IRONCHILD*, namôya awa niya nitoskawâsimis!"
matwê-têpwêw iskwêw.

Twang! ispimihk ispayiyiwa tâpwê otacosisa. ispimihk
mîna ispimihk êkwa ati-nîhcipayiyiwa...pê-nîhcipayiyiwa...
pê-nîhcipayiyiwa...
  hâw êkwa, kahkiyaw okâwîmâwak wîstawâw
matwê-têpwêwak.
  "*THELMA*, kâwi ôtê pê-itohtê!"
  "*MISSY*!"
  "*MARLYN*!"
  êkwa êkwa, ispimihk mistikohk ohci, wâpos
matwê-pêhtâkosiw.
  "âwiya! âyayâ! âwiyâ!"
  êkwa awa wâpos nîhcipayiw owawiyasihiwêwi-mistikohk
ohci, tâpwê otacosisa ê-kikamoyit
owâpikwanîwinâkwan-okotihk!
  Willie êkwa tâpwê kî-pâh-pâhpiwak. mêtoni kinwêsk
kî-pâh-pâhpiwak piyisk ospikayiwâwa ê-ati-wîsakêyihtahkik
êkwa ê-tihtipîcik mohcihk ayiwâk ê-pâhpicik,
ê-ati-âsokâpawîstâtocik êkwa kîhtwâm ê-pâhpisicik êkwa
ê-têpwêyâhpicik ispîhk ê-kî-itêyihtahkik êkâ ayiwâk
ta-kî-pâhpicik.
  tahtwâw *Willie* ahpô tâpwê kâ-itâpicik ita wâposwa
kâ-kakwê-kêcikopitâyit kino-pikiwa okotihk ohci, tâpiskôc
pikîsa ê-isinâkosiyit, mêtoni kîhtwâm sipwê-pâhpiwak.
  namôy wîhkâc mâmiskôtam wâpos kâ-mâh-mêskotinât
oskawâsisa ahpô kâ-kikamoyit acosisa. âhki tâpiskôc êkâ
wîhkâc êwako ê-kî-ispayik.

måka kinwêsk êkospîhk ohci tahto kâ-wêpâstahk nîpiy êkwa
miyoskamiwaskos opîswêpayiwin, tahto manicôs êkwa yêkâsis,
aciyaw kâ-ay-ayâki ita kâ-mâwaci-pasakwâyik wâyahcâhk –
wanaskoc okotihk owawiyasihiwêw.

15

 ## pimotahkwêw
tipiskâwi-pîsimohk isi

namôya kinwêsk aspin kâ-mêskotinihcik oskawâsisak,
Willie Ironchild owâhkômâkana kâwi kî-kîwêpiciyiwa
otiskonikaniyihk isi, ê-tahkonamiyit omîkiwâhpiyiw. aniki
nîso nâpêsisak kî-mihtâtamwak ayisk kîhtwâm pîhtokamikohk
ta-nipâcik. kî-miywêyihtamwak ta-nipâcik mîkiwâhpihk.
ê-kî-taswêkinahkik otakohpisiwâwa êkwa ê-kawisimocik. êkwa
kî-pâhpisiwak, ê-wâh-wawiyatwêwak, êkwa kanawâpahtamwak
ê-âstawêyit kocawânis, ê-nitohtawâcik osk-âya ê-pîkiskwêyit,
isko piyisk kâ-ati-nipêpayicik. ispîhk kâ-koskopayicik
kâ-mêkwâ-tipiskâyik nitohtawêwak ôhowa ahpô mîna
ispimihk sâpo sâpahcikanihk ohci ê-asawâpamâcik acâhkosa
ka-pahkisiniyit. kî-katawasisin.

pêyakwâw kâ-tipiskâk kî-kimiwasin. *Willie* ostêsa *Winston*a
kî-kwayaskastâyiwa astipahkwân, ê-kipahamiyit kimiwan,
kî-nitohtamwak ê-pa-pahkipêstâyik mîkiwâhpihk. kâsîhkwêhon
kî-âpatan ka-yîkatêyâpâwêk kimiwanâpoy êkosi êkâ
ê-sâpopêcik.

êkwa ispîhk ê-ati-mêsci-nîpiniyik, anihi acimosisa
Sam Rockthunder okiskânakoma kâ-nihtâwikihâyit

âhkami-misikicisiyiwa. kaskihtâwak ta-wâpicik mîna
ta-pêhtahkik êkwa kî-mêtawêskiwak. *Willie* êkwa wîtisâna
êkwa tâpwê kî-môcikêyihtamwak ta-sâsinikwastimwêcik
êkwa ta-âkwaskitinâcik êkwa ta-wîhâcik. mâka kêyâpic osâm
kî-apisîsisiwak ta-papâmi-kocihtâcik kîkway.

kotaka kîsikâwa *Mr. Kaiswatum* wîhtamawêw tâpwêwa
êkwa *Willie*wa kîspin wîcihikoci ka-oyastâcik apasoya mîna
cîstahikana, ka-mânokêw kotak mîkiwâhp êkwa êkota
cîki owâskahikanihk ta-kî-kapêsiyit aciyaw *Willie*wa êkwa
tâpwêwa. ahpô mîna ka-tawîstawâwak sîpihko-piyêsîsisa êkwa
kinêpikosisa êkwa anihi acimosa nisto k-ôwîhowiniyit.

ôma kî-itêyimisowak tâpiskôc ê-ati-kîsi-ohpikicik êkwa
kî-cîhkêyihtamohikowak nâpêsisak, âta ê-watakamisiyit *Mr.
Kaiswatum*wa ispîhk kwayask kâ-kakwê-mânokêcik. nîswâw
kawipayin mâka piyisk kwayask cimatêw, êkwa piyêsîsisak
êkwa kinêpikosisak kayâsi-nikamowina ê-nikamocik êkwa
ê-kîsahpitahkik cîstahikana mohcihk.

mwêstas kâ-kîsi-mânokêcik, *Mr. Kaiswatum* wîhtamawêw
tâpwêwa êkwa *Willie*wa ta-pêhoyit wayawîtimihk êskwa
ka-pîhtokwêt wâskahikanihk ka-nâtahk kîkway. kâwi pê-itohtêw
ê-miywêyihtahk, êkwa mîna ê-tahkonahk mihko-kaskahpicikan,
wîhkwaskwa, êkwa ê-pahkitêyik mihti kotawânâpiskohk ohci
wâsakahikanihk. mîkiwâhpihk pîhtokwêw.

"kika-kî-pîhtokwânâwâw êkwa, nâpêsisak," kî-itwêw
Mr. Kaiswatum. mwayê-wîkiyahko oski-mîkiwâmihk,

piko ka-nanâskomâyahk kisê-manitow kahkiyaw kîkway
kâ-miywâsik kipimâtisiwininâhk, êkwa ka-kiskisitotawâyahkok
kiwâhkômâkaninawak pikwac-âyihk. pisiskiwak, mistikwak,
kitâniskotâpâninawak otâhk mîna ôtê nîkân, âha, ahpô mîna
oskawâsisak êkâ cêskwa kâ-nihtâwikicik – kahkiyaw!

"tâpwê, postastotinê êkwa," kî-itwêw Mr. Kaiswatum.

ispîhk kâ-postastotinêt tâpwê, Mr. Kaiswatum kî-taswêkinam
mihko-kaskahpicikan, ê-nôkosiyit êkota ê-katawasisiyit mîkwana,
kâ-itisinamawât tâpwêwa. "tahkon awa kihiwîkwan. pêyâhtak –
kihci-kîkway awa. êkwa kiya, Willie, micimina ôhi wîhkaskwa."

tâpiskôc ê-kî-kistêyimiht kî-itêyihtam tâpwê ayisk
ê-nitomiht ta-wîcihiwêt êkwa kî-wâpamêw Williewa wîsta êkosi
ê-itêyihtamiyit.

"hâw," kî-ati-itwêw Mr. Kaiswatum, "nika-saskahên
ôhi wîhkaskwa ôta, ka-miyo-kaskâpahtêk. êkwa
tâpwê, kiya pê-isi-wêpahamawinân ôma kaskâpahtêw
kâ-mêkwâ-kâkîsimoyân."

kinwêsk kî-kâkîsimow Mr. Kaiswatum, miyo-kisîwêw, pêskis
ê-miyâhkasamihk kahkiyaw kîkway êkota mîkiwâhpihk
ka-sâh-sawêyihcikâtêki. êkwa âstawênam wîhkaskwa êkwa
wêwêkinêw kihiwîkwana okaskahpicikanihk.

"wah, wîhkimâkwan" kî-itwêw Willie.

"mâka nikaskêyihtamihikon nikâwiy êkwa nôhkom
ohci," kî-itwêw tâpwê. "wîstawâw miyahkasikêwak ispîhk
kâ-kâkîsimoyâhk."

"ê-kaskêyihtaman cî, tâpwê?" kakwêcihkêmow *Mr.*
Kaiswatum.

pâhpisiw tâpwê. "namôya âkwâskam," kî-itwêw,
ê-kanawâpamât *Mr. Kaiswatum*wa ê-oyastâyit
nîpisiy-âspataskohpison anihi kisêyiniwa kâ-âpacihtât mohcihk
mâna kâ-ay-apit. "â, apisîs êtikwê, mîskaw," kî-itwêw tâpwê.
"hâw, miywâsin," kî-itwêw *Mr. Kaiswatum.* "tâpitaw
nikaskêyimâwak niwâhkômâkanak nîsta ispîhk kayâs aspin
kâ-wâpamakik."

"namôy wîhkâc awiyak nikaskêyimâw," kî-itwêw *Willie,*
"ahpô êtikwê niciwâmak ispîhk tahtwâw kâ-kîwêcik. namôy
wîhkâc nânitaw itê nitâh-itohtân."

"ahpô êtikwê akâmihk kika-kî-itohtân ta-kiyokawat tâpwê,"
kî-itwêw *Mr. Kaiswatum.*

"tâpwê!" kî-tasi-itwêwak *Willie* êkwa tâpwê. "êkwa êkospîhk
ka-kî-kihci-môcikihtânaw. kika-kî—"

Mr. Kaiswatum kî-otamihêw. "mâka ohcitaw piko
ta-kî-kaskêyimitoyêk apisîs ispîhk wâhyaw ohci ayâyêko ayisk
ê-otôtêmitoyêk," kî-itwêw kisêyiniw. "ohcitaw êwako anima
isi-ayâw. êkwa mîna kiwâhkômâkanak ka-kaskêyimikwak,
Willie, ispîhk ohpimê ayâyani."

"êêh, cah!" isi-pâhpiwak nâpêsisak, nawac piko ê-nêpêwisicik
ê-isi-môsihtâcik.

"namôya nânitaw anima ka-kaskêyimat awiyak,"
kî-itwêw *Mr. Kaiswatum.* "ispîhk mâna kâ-kaskêyimak

awiyak, nimâmitonêyihtên ka-isi-môcikihtâyâhk kîhtwâm
wâpamaki, êwako nimiywêyihtên. miywâsin ka-kaskêyimacik
kisâkihâkanak. mahti, nâpêsisak, kikiskêyihtênâwâw cî acosis
âniskômohcikan âtayôhkêwin, êkwa aniki nîso nâpêsisak
tipiskâwi-pîsimohk kâ-kî-itohtêcik?"
    misi-tôhkâpipayiw *Willie*. "namôya," kî-itwêw.
"wîhtamawinân," pakosêyimow tâpwê, ê-wâh-wâkipayit
êkwa koskowâtapiw ita ê-miywâsiniyik ta-nitohtahk
âcimowin. sîpihko-piyêsîsisak êkwa kinêpikosisak kisiwâk
mâmawihitowak. *Brownie* kî-papitikosin opwâmihk *Willie*wa.
    "kayâs ôma," kî-mâci-âcimow *Mr. Kaiswatum*, "kî-ispayin. nîso
ôki nâpêsisak, nânitaw pêyakwan kiyawâw ê-itahtopiponêcik,
ahpô êtikwê ayiwâk kî-itahtopiponêwak."
    "pêyakwâw ê-nîpihk, ê-âkwâ-wâwiyêsit tipiskâwi-pîsim,
mâka kêyâpic kî-misikitiw êkwa kî-wâsêsiw, êkosi
kika-kî-miyo-wâpahtên kîkway âta ê-tipiskâk. kêyâpic êsa ôki
nîso awâsisak ê-kî-ma-mêtawâkêcik ahcâpiya êkwa acosisa
wayawîtimihk. pêyak êkwa nisto kî-isiyihkâsowak."
    "'mêtoni miyonâkosiw tipiskâwi-pîsim,' kî-itwêw pêyak.
mâka nisto kî-ati-pâhpihêw tipiskâwi-pîsimwa."
    "'namôya cêskwa ana kakêpâci-tipiskâwi-pîsim
misiwê-wâwiyêsiw,' kî-itwêw. 'nawac piko pîmisiw.
kakêpâci-tipiskâwi-pîsim tâpiskôc isinâkosiw anima
kayâsi-astotin mâna kâ-kî-kikiskamiyit nikâwîsa ispîhk
kâ-nitawiminêyit. ha ha ha!'"

wîstawâw pâhpiwak tâpwê êkwa *Willie*, mâka
ati-kâmwâtisiwak kîhtwâm kâ-mâci-pîkiskwêyit *Mr.*
*Kaiswatum*wa.

"kêtahtawê kâ-pê-wâskâhikocik kostâci-wâh-wâsêpayiwin.
êkota wâsakâw, ita kâ-ayâcik piko, ê-wâh-wâsêpayiniyik,
kisâstaw ê-nîmihitômakaniyik êkwa ê-kâh-kostâcihtâkwamiyik
omisi isi '*tssssss…tssssss*'. wâh, mêtoni sêkisiwak aniki
nâpêsisak.

"êkwa nisto, kâ-môhcowit nâpêsis, sôskwâc pôni-nôkosiw."
Mr. Kaiswatum pôni-pîkiskwêw êkwa kitâpamêw tâpwêwa.
êkwa mîna *Willie*wa. êkwa kîhtwâm ati-pîkiskwêw.

"hâw êkwa, wawânêyihtam pêyak. nawac kî-sêkisiw iyikohk
ê-isko-kiskisit kâ-pê-pimâtisit. namôya kî-waskawîw, ahpô
namôya kî-têpwêw, nama kîkway kî-kaskihtâw ta-itôtahk.
kî-itêyihtam piko ta-kâkîsimot otêhihk kâwi ta-pê-itohtêyit
osîma."

"êkwa pêhtam mâmaskâci-kitohcikêwin, namôya wîhkâc
êkotowahk kî-ohci-pêhtam, êkwa pîkiskwêwin omisi ê-itwêt,
'ispimihk isi pimotahkwê êkwa kotahâskwâs tipiskâwi-pîsim.'"

"'mâka ayisk nisâkihâw tipiskâwi-pîsim,' itwêw pêyak
otêhihk."

"'niya ôma tipiskâwi-pîsim,' itwêw pîkiskwêwin.
'tipiskâwi-pîsim nitisiyihkâson. pê-pimosin êkwa ka-wîcihitin.'"

"kitamâki-pêyak kî-sêkisiw. kêtisk êkâ ê-kî-oyâpahkêt
iyikohk ê-nanamipayit, mâka nitohtam kâ-kî-itiht. otacosisa

ispâhkêpayiyiwa, ispimihk, ispimihk, ispimihk isko
tipiskâwi-pîsimohk."

"'kotak pimotahkwê,' kî-itwêw tipiskâwi-pîsim. êkosi pêyak
kotaka acosisa pimotahkwêw, êkwa ê-ispâhkêpayiyit, kêtahtawê...
ting! ana acosis micimôhow wanaskoc anihi nistam acosisa!"

"'pimotahkwê mihcêt acosisak ka-âniskômohcikanihkêyan
êkwa êkosi ka-kî-pê-âmaciwân ta-paspîhat kisîm kâ-mohcowit,
kîspin iyikohk ê-miywêyimat,' kî-itwêw tipiskâwi-pîsim."

kakwê-mâmitonêyihtam tâpwê ka-isi-pimotahkwêt
ispimihk isko tipiskâwi-pîsimohk. ispîhk wiya êkwa *Willie*
kâ-kî-pâh-pimotahkwêcik, mistikwa kâ-ispîhtisiyit piko
kî-isi-pimotahkwêwak.

"wîpac êtikwê," kî-itwêw *Mr. Kaiswatum*, "pêyak miskâsow
ê-âmaciwêt kîsikohk. wâhyaw capasîs tâpiskôc mihkinâhk
ê-isinâkwahk askiy, mêtoni êsa wâhyaw. piyisk takosin
tipiskâwi-pîsimohk."

"'nisto!' kâ-isi-têpwêt pêyak. 'tânitê kâ-ayâyan, nisto? tânitê
kâ-ayâyan?'"

mwêhci êkospîhk kâ-wâpahtahk kîkway wâhyawêskamik.
nisto êsa ôhi, ê-pêci-nâcipahikot pêyak, ê-pê-kisîpahtâyit isko
ê-isi-kaskihtâyit. êkwa pistôsa ê-nawaswâtikot, itowahk 'dust
devil' kâ-isiyihkâtamihk."

"kâsôpayihow pêyak asinîskâhk, êkwa ispîhk nistowa
kâ-otihtikot, kî-nawatinêw owîcêwâkana oskâtiyihk êkwa ocipitêw
paspîwinihk isi. pistôsa miyâskâkwak."

"mitoni kî-miywêyihtam nisto tipiskâwi-pîsimwa
ê-kî-wîcihâyit pêyakwa ta-pê-paspîhikot. namôya
kî-ohci-kiskêyihtam ê-isi-sôhkisiyit tipiskâwi-pîsimwa. nisto
wiya, tipiskâwi-pîsimwa kî-itêyimêw ê-kî-wâsêsiyit kâ-tipiskâyik
piko. mâka êkwa kiskêyihtam tipiskâwi-pîsim ê-pimâtisiyit
êkwa ê-môsihtâyit, tâpiskôc kahkiyaw kotaka kâ-kî-osîhikocik
kisê-manitowa."

"'wîhtamaw tipiskâwi-pîsim ê-mihtâtamân kâ-kî-itwêyân,'
kî-itêw nisto pêyakwa.'"

"'kiya piko êkosi ta-itôtaman, ahpô ka-patinên
nanâtawihowin,' kî-itwêw pêyak, ê-miyât owîcêwâkana
wîhkaskwa otasiwacikanihk ohci."

"paspâpiw nisto okâsôwiniwâhk ohci, asinîskâhk.
kahkiyaw kâmwâtan, êkosi wayawîtâcimow. miyâhkasikêsiw
êkwa nikamow anima pêyak piko mawimoscikêwatâmon
kâ-kiskêyihtahk, anima kapê mâna ohtâwiya
kâ-nikamoyit tahtwâw kâ-kâkîsimoyit. nêwâw nikamow,
ê-kâh-kwêski-isikâpawîstahk nêwâyihk isi. êkwa
kâ-mêkwâ-kâkîsimot mâmitonêyihtam otêhihk iyikohk
kâ-pê-isi-mohcowit ta-kiyâskimât tipiskâwi-pîsimwa. piko
awiyak kiskêyihtam ê-katawasisiyit tipiskâwi-pîsimwa."

"'hâw, nâpêsisak,' pêyak êkwa nisto kî-miywêyihtamwak
ta-pê-kîwêcik. kinwêsk êsa anima ê-kî-sipwêhtêcik. ispîhk
kapêsiwinihk kâ-takohtêcik pêyak iskwêsisa cîpaya
wiyawâw itêyimikwak êkwa têpwâtêyiwa okâwîyiwa. mâka

wîpac kahkiyaw awiya pêhtamiyiwa kâ-kî-ispayihikocik
êkwa tâpwêhtamiyiwa wiyawâw êsa pêyak êkwa nisto,
ê-paspîcik. owâhkômâkaniwâwa kî-cîhkêyihtamiyiwa êkosi
kî-wîhkohkêyiwa ka-nanâskomâyit kahkiyaw ayisiyiniwa
kâ-kî-kâkîsimostamâkocik ôki nâpêsisak. cikêmâ kahkiyaw
awiya nitomâyiwa êkwa aniki owâhkômâkanak kî-miyêwak
ê-miywâsiniyiki mêkiwina. êkosi mâna kayâsêskamik
kî-itôtamwak ôta. kî-kistêyihtâkwan ta-mêkiyan ispîhk
kipimâtisiwin ohci kâ-nanâskomoyan."

    Mr. Kaiswatum sîpîw. "êkwâni pitamâ ê-iskwâcimoyân êwako
âcimowin, nâpêsisak," kî-itwêw.

    "kêyâpic cî ayiwâk âcimowin?" kakwêcihkêmow *Willie.*

    "âha, mêtoni," kî-itwêw *Mr. Kaiswatum.* "mihcêt kîkway
kî-itôtamwak pêyak êkwa nisto nêtê tipiskâwi-pîsimohk. mâka
êwako âcimowina mwêstas nika-âcimon. niwî-nitawi-nipâsin
pitamâ."

    "kinanâskomitin âcimowin ohci," kî-itwêw *Willie.* wiya êkwa
Brownie, ana atim nisto k-ôwîhowinit, sîpîwak.

    Willie êkwa tâpwê êkwa *Brownie* êkwa kinêpikosisak
êkwa sîpihko-piyêsîsisak, kahkiyaw nipêpayiwak
mîkiwâhpihk. kahkiyaw awiyak kî-miyo-pawâtam êkospîhk
kâ-pôni-âpihtâ-kîsikâyik.

16
nêwo ôhi kihcêyihcikâtêwa itasinâsowina

hâw, kî-ati-câh-cahkâyâsin, ê-ati-wâh-wâstêpakâk tâpiskôc sîwinikan maskwa otitasinâsowinihkêwina, ispîhk wîpac pêyak pôni-âpihtâ-kîsikâw ohkoma ta-pê-nâtikot tâpwê, ta-kîwêhtahikot. nîso kîkisêpâyâwa âwacimihtêw tâpwê ta-nakatamawât oski-otôtêma, ôta êkwa misiwê iskonikanihk. êkwa pôni-âpihtâ-kîsikâw êkwa nôhtê-nipâsiw. mâka ohkoma kâ-takopayiyit êkwa kî-wîci-mîcisomêwak kahkiyaw awiya – kahkiyaw awiya, mâka namôya *Willie*. namôya êkota kî-ayâw.

wîpac êkwa tâpwê ta-sipwêhtêt êkwa ta-atamiskawât kahkiyaw awiya.

pâh-pêyak otôtêma miyêw mîkwanisa otastotinihk ohci, êkwa mîna kakêskimêw, "pêyâhtak owawiyasihiwêwak!" itêw, êkwa kahkiyaw pâhpiwak. kahkiyaw awiya kiskêyihtamiyiwa wâpos ê-kî-miyât tâpwêwa âtiht kiskinwahamâkêwina êkâ wîhkâc ta-waniskisiyit.

Mr. Loudhawk kî-miyêw tâpwêwa wîhkaskwa, êkwa wîsta *Mrs. Cheechuck* kî-miyêw takwahiminâna.

Mr. Kaiswatum nitomêw tâpwêwa owâskahikanihk isi êkwa miyêw kihiwîkwana ê-miskawât kîmôtanohk. ê-kî-miciminât

ta-miyât awiya kâ-kihci-miyohtwâyit, êkwa itêyimêw êwako
êsa awa tâpwê wiya.

"pê-kiyokêhkan kîhtwâm, tâpwê. ayisiyiniwak
ka-kiskinwahamâkwak mihcêt kîkway ê-miywâsiniyik,
êkwa mîna kîsta ka-kiskinwahamawâwak," kî-itwêw
Mr. Kaiswatum. "êkosi ôma ôta kâ-itôtamâhk. kêyâpic cî
kikiskisin anima nikamowin kâ-kî-pêhtawacik mikisiwak
ê-nikamômiskik ta-nîmihitoyan, ta-pimitisahaman
kipahkahokowin?"

"âha," kî-koskwâwâci-itwêw tâpwê. "namôy wîhkâc êwako
nika-wanikiskisin."

"takahki!" kî-itwêw *Mr. Kaiswatum.* "miywâsin, nâpêsis.
kiya anima êwako kinikamowin. ispîhk kâwi pê-itohtêyani
ka-ayânaw nêhiyaw-wîhowin isîhcikêwin kiya ohci. êwako
mâmitonêyihta isko kîhtwâm wâpamitâhki.

"cîst," kî-itwêw *Mr. Kaiswatum,* "kâ-kî-osk-âyiwiyân
nîsta nikî-miyikowisin ê-kihcêyihcikâtêk nikamowin.
kiwî-kâkîsimostamâtin êkwa kiwî-nikamostamâtin
ninikamowin."

miyâhkasikêsiw *Mr. Kaiswatum* pêyakwan mâna kâ-itôtahk
tahtwâw kâ-kâkîsimot. êkwa otinêw omistikwaskihkosa êkwa
pakahamânâhtik êkwa astâw opwâmihk.

"kihci-manitow," mâcihtâw êkwa kâkîsimow
opîkiskwêwin ê-pîkiskwêt, ê-pîkiskwâtât kisê-manitowa
tâpiskôc sâkihiwê-awâsis ê-pîkiskwâtât onîkihikwa,

pa-pêyâhtak, ê-miywâsik. êkwa ati-sipwêham, tâpiskôc kayâs
kâ-kî-isi-nikamohk:

misiwêskamik
nitâpwêhtên
wê ya wê wê ya
wê ya wê wê ya
wê ya wê wê ya

ispîhk kâ-kîsi-nikamot *Mr. Kaiswatum*, tâpwê kakwêcimêw
kanakê pêyakwâw kêyâpic wâposwa ohci.

"ê-kî-mâmitonêyihtamân ôma," kî-itwêw, "kapê mâna wâpos
wiya kâ-nôhtê-mâwaci-kihcêyimiht."

"nama awiyak mâwaci-kihcêyimâw ôta, tâpwê," kî-itwêw *Mr
Kaiswatum*. "mâka wiya awa wâpos, ana owawiyasihiwêw...âsay
wiya kihcêyihtâkosiw. wiya ayisk ka-kiskinwahamâkoyahk
ka-pêyâhtakisiyahk – kiyânaw oti ohci! êwako kikiskêyihtên!"

tâpwê kî-kiskêyihtam tâpwê.

ispîhk tâpwê kâwi kâ-takosihk *Ironchild* wâskahikanihk,
*Thelma*wa êsa kî-wêwêkinamâkwak âtiht
sâsâpiskisi-pahkwêsikana ta-nîmâcik wiya êkwa ohkoma.

132

"êêh!" kî-mawimow tâpwê. "tâpika êkâ ta-miskamân
mistatim-omêy ôta ispîhk taswêkinamâni ôma."

"tâpwê, piko âyîtaw ta-nâh-nitawâpênaman kistikwân."
isi-pâhpiw *Thelma*. "iyikohk mistahi ê-papâmi-wîcêwat
wâpos, namôya mâmaskâc takosiniyani kotak askîwin
ê-wâposohtawakêyan."

"ahpô ka-âpocikwâni-pimohtêyan osâm mistahi ê-mêtawêyan
'wâpasim êkwa pahkwâcîs'!" nanwêyacimêw *Winston*.

okâwîmâs *Lilian* pâh-paspâpiw pâh-pêyak wâsênikanihk.

"ôh, tâniwâ ana *Willie*," kî-itwêw. "nikiskêyihtên êkâ
ê-nôhtê-mwêsiskahk ka-sipwêhtêyan, tâpwê!"

"âstam, tâpwê," kî-itwêyiwa ohkoma. "wâhyaw isi
ka-pimâcihoyahk. ohcitaw piko ta-ati-sipwêpayiyahk."

postiskam tâpwê omamâhtâwastotin êkwa kikamohtâw
pîhtatwân opikiw-acosisa ohci êkwa otahcâpiya ospiskwanihk.
miywêyihcikêwina ôhi ayisk tahtwâw wâpahtahki
kâh-kâh-kiskisiw oski-otôtêma ôta iskonikanihk ohci, wâposwa
asici.

kahkiyaw Ironchild awâsisak wîcêwêwak tâpwêwa êkwa
kôhkoma, mêskanâsihk wâyâhcâhk ohci mêskanâhk isi. ispîhk
kâ-awasîwêcik wâkâyihk êkota kâ-nîpawit Willie ê-tahkonât
acimosisa Sam Rockthunder kâ-kî-mêyikot.

"ninôhtê-wîhâw nicêmisis 'tâpwê,' kîspin namôya nânitaw,
tâpwê," kî-itwêw *Willie*.

misi-pâhpisiw tâpwê. "tâpwê, namôya nânitaw," kî-itwêw.
wanaway itisinam cîki acimosisa, êkwa ana acimosis miyâmêw
mîna ocêmêw tâpwêwa êkwa kî-câhcâmow, êkosi mâna
kâ-itôtahkik acimosisak. pisiskiwak mamâhtâwastotinihk
nîmihitowak ê-cîhkêyihtahkik.

mwêhci kâ-takohtêcik *Sam* êkwa otêma. *Sam* tahkonêw
kotaka acimosisa, anihi kâ-cahkasonâsoyit tâpwê
kâ-kî-mâwaci-miywêyimât. *Willie* pakitinêw ocêmisisa cîki
kiskânakosa êkwa otinêw anihi cahkasonâsoyit acimosisa *Sam*a
kâ-tahkonâyit êkwa miyêw tâpwêwa.

"hâw, nah, tâpwê, kiya awa kicêmisis," kî-itwêw *Willie*.

"câhhh!" kâ-isi-kîmwêt tâpwê, ê-âkwaskitinât acimosisa
kâ-sinikokotêskâkot wanawâhk ocahkikocis ohci tâpiskôc
wiyawâw ê-itêyimitocik ê-mâwaci-cihkisicik ôta askîhk.

"tâpwê cî, niya cî awa? nika-kî-kîwêhtahâw cî?"
kakwêcihkêmow, ê-kitâpamât ohkoma.

ohkomimâw kî-pâhpisiw. "âha," kî-itwêw, ê-ati-sâsinikonât
acimosisa otâhk ohtawakâyihk. "kika-kaskihtânaw."

tâpwê kanawâpamêw otôtêma kâ-wâsakâmêkâpawiyit,
ayisiyiniwa êkwa pisiskiwa, êkwa nanâskomow
otêhihk. "kihci-mîkwêc," kî-itêw, "kahkiyaw kiyawâw."
kî-mosci-misi-pâhpisiw êkwa kahkiyaw pisiskiwa
mamâhtâwastotinihk kicosiyiwa, sêwêpicikêsiyiwa êkwa
nikamoyiwa.

tâpwê môsihtâw kîkwaya ê-ocipitamiyit pîhtatwân
kâ-kî-tahkopitahk otihtimanihk. sîpihko-piyêsîsisa ê-âpahamiyit
êkwa kîmwêtotâkow tâpwê tânisi ta-itôtahk.

otinam pîhtatwân otihtimanihk ohci. sîpihko-piyêsîsisak
ohpinêwak acosisa êkwa ahcâpiya êkwa ispihâwak ita Williewa
kâ-ayâyit ê-miyâcik êwakoni.

"namôy wîhkâc ka-wanikiskisitotâtin, Willie." kî-itêw tâpwê,
ê-sakicihcênât pêyak ocihciy tâpiskôc mâna kâ-itôtahkik
kisê-ayak.

"nîsta mîna," kî-itwêw Willie. "kâwi pê-itohtêhkan kotak
askîwiki kâ-pwâtisimohk. niwî-nîmihiton."

kahkiyaw awiyak âkwaskitinitowak iskwêyâc. êkwa tâpwê
êkwa ohkoma sipwê-pimâcihowak.

mêkwâc âwatâswâkanihk kâ-itohtêcik, pêhtamwak
ê-nisitawêyihtahkik pîkiskwêwin, ê-matwê-kitoyit
akâmihk iskonikanihk. ê-kî-nikamoyit, 'owawi-yasi-hi-wêw
ha-yâ-yââââ!' tâpwê kiskêyimêw wâposwa mâka mîna
ê-wawiyasihiwêyit, êkwa mâmitonêyihtam awîna êtikwê êkwa
kâ-kî-kiskinwahamâht.

pîhcâyihk âwatâswâkanihk tâpwê êkwa acimosis
kîsôsimitowak, ê-mâmitonêyihtahkik mistahi kîkway
ta-itôtahkik. ohkoma mâci-kakwêcimik tâpwê
ta-âcimostawât tânisi kâ-kî-isi-môcikihtât, mâka tâpwê
kî-misi-tâwatiw. kinêpikosisak kî-papitikosinwak sîpâ

sîpihko-piyêsîsisa otahtahkwaniyiwa êkwa tâpwê ocêmisisa
kî-kicowêhkwâmisiyiwa wacistwanihk sâkihiwêwin êkwa
mîkwanak ê-ohci-osîhcikâtêk.

tâpwê kitâpamêw ohkoma, êkwa pâhpisiyiwa êkwa omisi
itwêyiwa, "mêtoni nicîhkêyihtên kâwi ê-wâpamitân êkwa mîna
ôki pisiskîsisak."

nîkânihk kî-itâpiw ohkomimâw ê-osâwânaskwaniyik
kâ-ati-otâkosiniyik êkwa mîna wîhkaskwa akocikanisihk
kâ-astâyit tâpwêwa.

"piko êtikwê ta-pêhoyân pâtimâ wâpahki ta-pêhtamân
kâ-kî-isi-môcikihtâyan," itêw anihi nâpêsisa kâ-nôhtêhkwasiyit.

êkwa ispîhk kâ-ati-nipêpayit tâpwê, kî-pêhtawêw ohkoma
ê-ati-kâkîsimoyit.

"kihci-manitow, kisê-manitow: kinanâskomitin
kâ-wâstêpakâk, kâ-wâpinâkwahk mostoso-wîhkaskwa...
kâ-kaskitêwâyiki tâpwê wêstakaya...êkwa kâ-mihkwaskwahk.
nêwo ôhi kihcêyihcikâtêwa itasinâsowina.

"kinanâskomitin," kî-itwêw kîhtwâm. "kihci-mîkwêc,
kihci-manitow."

kâ-masinahamâhcik onîkihikomâwak êkwa okiskinwahamâkêwak

tâpwê êkwa mamâhtâwastotin ôma oski-âcimowin. namôya ta-kî-itêyihcikâtêk ôma kayâs âtayôhkêwin, âta mâka nikiskêyimâwak mihcêt ayisiyiniwak tâpiskôc aniki kâ-âcimihcik ôta, kahkiyaw êkonik kî-nihtâwikiwak iskonikanihk, iyinînâhk, mihkinâhko-ministikohk.

âtiht âcimowina kâ-âtotahk kisêyiniw *Mr. Kaiswatum*, êwakoni wiya âtayôhkêwina êkwa kêyâpic anohc âh-âtayôhkâniwan tâpiskôc kayâs. apisîs pîtos isi ôhi âcimowina âh-itâcimowak pâh-pêyakwâyihk iyiniw askîhk.

kayâs mâna kî-papâmi-pimâcihowak iyiniwak êkwa kî-mâh-mîskoci-kiskinwahamâkosiwak otisîhcikêwiniwâwa, êkosi êsa kâ-isi-kiskinwahamâkosihk kitâcimowininawa, kinikamowininawa, itwêwina, kâ-isîhoyahk, piko kîkway âh-âsônamâtowak pâh-pîtos isîhcikêwinihk ahpô mîna akâmi-tipahaskânihk. ana kâ-kî-pimâtisit *Mr. Kaiswatum*, nêhiyaw nâpêw ana kisisâskâciwanihk ohci, kânata, mâka âskaw kî-kikâhcanisiw, âhcanisa sâwanohk ohci, *Navajo* askîhk ohci.

owawiyasihiwêw âtayôhkêwina ihtakonwa misiwêskamik iyinînâhk, mihkinâhko-ministikohk. âskaw mâna awa kayâsi-owawiyasihiwêw mêscacâkanisiwiw, ahpô kâhkâkîwiw, ahpô owawiyasihiwêw mosci-isiyihkâtâw, ahpô ka-wîhâw kâ-isi-pîkiskwêcik iyiniwak (wîsahkêcâhk itâw pâh-pîtos nêhiyawaskîhk, *Iktomni* itâw ka-pwâsîmohk, piko isi). ôma âcimowin *tâpwê êkwa mamâhtâwastotin*, wâpos nawac piko âciwinâw kâ-isi-ayât mâna. kayâs owawiyasihiwêw nawac kî-sôhkâtisiw, namôya piko onanwêyacihiwêw. âskaw tâpiskôc ê-awâsis-âyât ahpô ê-kîsohpikiw-âyât, êkwa mîna âskaw ê-mac-âyiwit ahpô nôcihitowin ê-pimitisahahk. mâka osâm piko kapê wawiyasihiwêw, môhcowiw, âyimisiw, êkwa kakêpâtisiw tâpiskôc ôta âcimowinihk.

ayisk *tâpwê êkwa mamâhtâwastotin* âcimowin ka-wîhtamâhcik awâsisak, nimasinahwâw nawac ê-mêtawêskit, pêyakwan tâpiskôc awâsis, wâpos owawiyasihiwêw.

mihcêt ayamihcikêwikamikwa, wâwîs anihi kihci-kiskinwahamâtowinihk kâ-kiskinwahamâkêhk iyiniw kiskinwahamâkêwin, êkonik ayâwak mihcêt masinahikana ita owawiyasihiwêw ê-pimahkamikisit, kîspin oti kinôhtê-kiskêyimâwâw kayâsi-owawiyasihiwêw.

nikî-pê-masinahên ôma masinahikan kinwêsîs kâ-pê-pimâtisiyân ispîhk nikosis kâ-pê-ohpikit. ninanâskomâwak *Piapot-Obey* wâhkômâkanak osâkihiwêwiniwâw ohci êkwa mîna mihcêt môcikihtâwina kâ-pê-wîcêwitoyâhk.

—Buffy Sainte-Marie

Buffy Sainte-Marie nisitawêyihtâkosiw okitohcikêwin ohci mîna otâpasinahikêwin, êkwa mîna onîpawîstamâkêwin, mêtoni ê-nîkânît onikamowinihkênâhk. kinwêsk pê-atoskâtam okitohcikêwin aspin *'folk'* ohci êkwa êkota ohci *'country, rock*, cikâstêpayihcikêwi-kitohcikêwin, mêtawêwin, nîpawîstamâkêwin, êkwa cikâstêpayihcikanisihk awâsisa ohci ka-wâpahtamiyit. pâskac mîna kahkiyaw kîkwaya kâ-pê-kaskihtât anohc êkwa masinahamawêw masinahikana awâsisa ka-ayamihtâyit.

Michelle Alynn Clement *Vancouver* kâ-ohcît, awasâpiskohk, pê-nisitawêyihtâkosiw ê-masinahikanihkêt êkwa ê-tâpasinahikêt. kâmwâci-mamiywasinâstêwi-miyosîhcikêwikamikosihk atoskêw ita mihcêt ê-astêyiki masinahikana, êkwa cîhkêyihtam ta-tâpasinahikêt, ta-mâmitonêyihtaskit, masinâsowina, ka-mâwasakonahk nanâtohk kîkway, ka-papâmohtêt pikwac-âyihk, wêwêpisowi-nipêwinisa, êkwa ka-ayamihcikêt. kêyâpic mâmaskâtam nanâtohk ayisiyiniw-âcimowina, mâmaskâci-âcimowina, kiskinwahamâkêw-âcimowina, êkwa nanâtohk kîkway kâ-mâmaskâtahk aspin ohci kâ-kî-awâsisîwit.

Solomon Ratt kî-nihtâwikiw nâtakâm mâhtâwi-sîpîhk
namôya wâhyaw kîwêtinohk itêhkê *Stanley Mission* ohci.
onîkihikwa kî-wanihikêyiwa êkwa kî-pakitahwâyiwa,
ê-nôcihcikêyit pikwaci-askîhk, wanihikêskânâhk ê-wîkicik
ispîhk kâ-piponiyik êkwa kâ-nîpiniyik ê-pakitahwâcik
mistahi-sâkahikanihk. nistam nikotwâsik askiy kâ-pimâtisit
kî-wîc-âyâmêw onîkihikwa, namôya ê-ohci-âkayâsîmoyit.
kî-kiskêyihtamwak ka-isi-pimâcihocik askîhk êkwa mîna
kî-kiskêyihtamwak âtayôhkêwina kâ-pê-ânisko-wîhtamâhcik
otâniski-wâhkômâkana ohci. êwakoni kî-âtayôhkêstamawêwak
*Solomon*a êkwa wîtisâniyiwa. ispîhk nikotwâsik ê-itahtopiponêt
kî-sipwêhtahâw ayamihâwi-kiskinwahamâtowikamikohk
isi, kistapinânihk kâ-kî-nitawi-kiskinwahamâkosit. nîso *BA*s
kî-pê-kaskihtamâsow mîna pêyak *MA*, êkwa mîna kêkâc
kahkiyaw kiskinwahamâkosiwin *PhD* kiskinwahamâsowin ohci.
kî-pê-kiskinwahamâkêw

nêhiyawêwin êkwa nêhiyaw âtayôhkêwin ôta *First
Nations University of Canada* aspin 1986 askîwin ê-ispayik.
kî-masinaham âtiht masinahikana, ôhi *nīhithaw ācimowina* –
Woods Cree Stories (2014) êkwa *māci-nēhiyawēwin* – *Beginning
Cree* (2016), nîso ê-osîhtâcik ôki *University of Regina Press*, êkwa
mîna kî-nisitawêyihtâkwaniyiw otatoskêwin 2021 kâ-kî-miyiht
Saskatchewan Order of Merit.

cîhkêyihtam âtayôhkêwina êkwa ta-âh-âtayôhkêt.